小学館文庫

死ぬがよく候〈二〉

影

坂岡 真

JN228552

小学館

目次

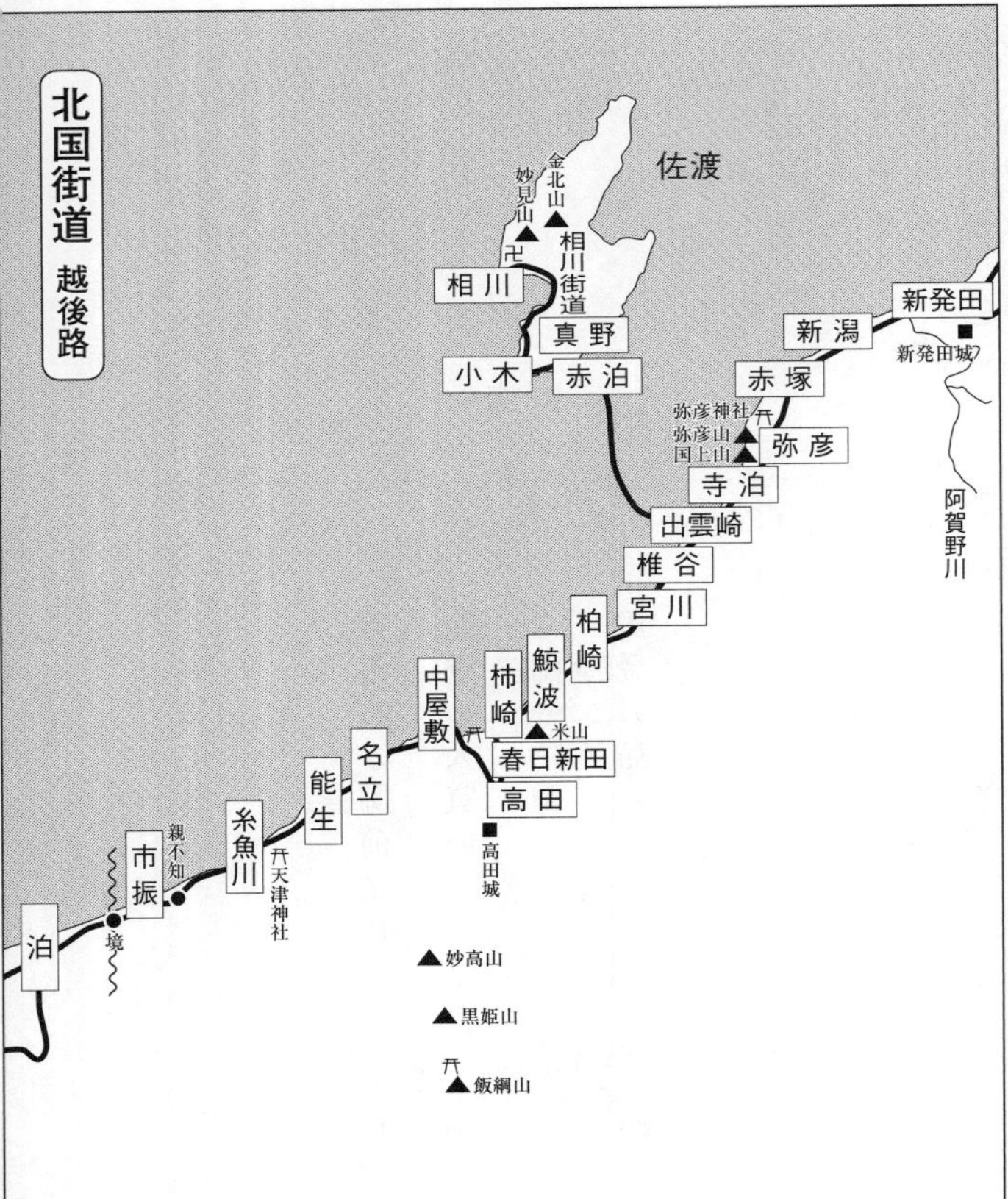

北国街道 越後路
佐渡
金北山
妙見山
相川街道
相川
真野
小木
赤泊
新発田
新潟
新発田城
赤塚
弥彦神社
弥彦山
国上山
弥彦
寺泊
阿賀野川
出雲崎
椎谷
宮川
柏崎
鯨波
柿崎
中屋敷
米山
春日新田
高田
高田城
名立
能生
糸魚川
天津神社
親不知
市振
境
泊
妙高山
黒姫山
飯綱山
N

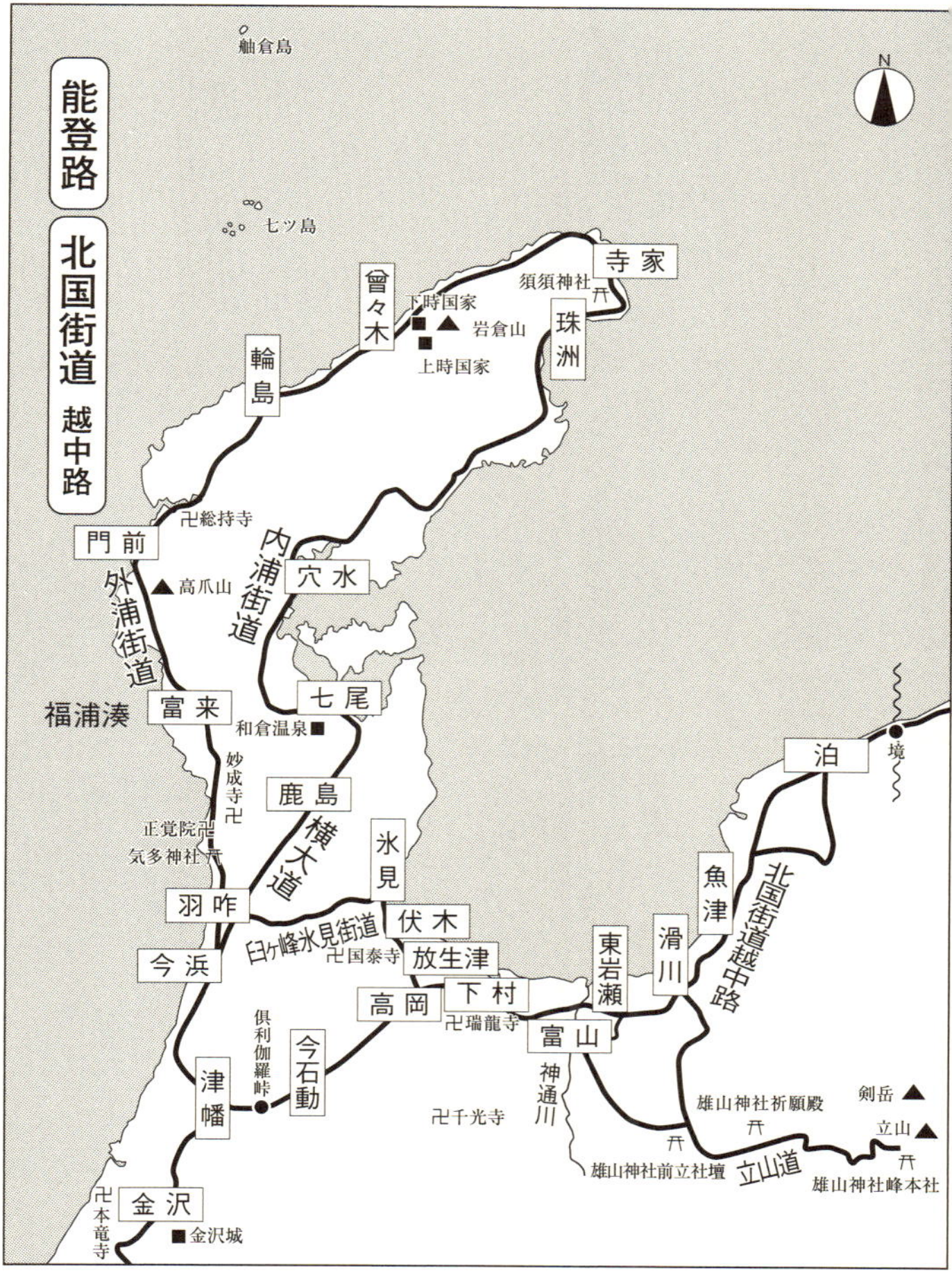

能登路
北国街道 越中路
N
舳倉島
七ツ島
曽々木
下時国家
岩倉山
上時国家
寺家
須須神社
珠洲
輪島
総持寺
門前
高爪山
外浦街道
内浦街道
穴水
福浦湊
富来
七尾
和倉温泉
妙成寺
鹿島
横大道
正覚院
気多神社
氷見
羽咋
臼ヶ峰氷見街道
伏木
国泰寺
放生津
今浜
高岡
下村
瑞龍寺
東岩瀬
滑川
魚津
泊
境
北国街道越中路
富山
神通川
倶利伽羅峠
今石動
千光寺
津幡
雄山神社祈願殿
剣岳
立山
雄山神社前立社壇
立山道
雄山神社峰本社
金沢
本竜寺
金沢城

死ぬがよく候〈二〉 影

鬼の面白からむたしなみ
巌《いはほ》に花の咲かんが如し

――世阿弥

百万石の御前試合

天保《てんぽう》八年秋　金沢

一

弱った羽虫が鼻先を横切り、毛氈苔《もうせんごけ》の赤い葉に吸いついた。

「莫迦《ばか》め、殺《や》られおったわ」

葉の表面には罠《わな》が仕掛けられている。

羽虫は細長い腺毛《せんもう》に搦《から》めとられ、動きを止めた。

あとは粘液に溶かされ、食われるのを待つだけだ。

苔でさえも川端に根を張り、逞《たくま》しく生きている。

「わしは苔以下だな」

伊坂八郎兵衛《いさかはちろべえ》は根無し草の哀切を嚙《か》みしめ、燃えあがるような毛氈苔の群落をあとにした。

太い一本眉《まゆ》に炯々《けいけい》とした双眸《そうぼう》、犀川《さいかわ》に映える夕陽が痩《こ》けた頬《ほお》を朱に染めている。

空恐ろしい顔だ。

死の闇《やみ》を覗《のぞ》いているかのような。

「ん」

背中にまとわりつく気配を察し、八郎兵衛は足を止めた。

振りかえる。

誰もいない。

榎《えのき》の木陰に旋風《つむじかぜ》が立ち、朽ち葉を宙に巻きあげていた。

地獄でもがく者たちの怨念《おんねん》が、救済されずにさまよっているのだろうか。

「くそったれめ」

六尺余りの巨体を包む栗皮色の袷《あわせ》は、汗と埃《ほこり》にまみれている。

一年前、事情《わけ》あって朋輩を斬り、江戸を捨てた。

おそらくはそのときに、運《ツキ》も捨ててしまったのだろう。

傷心の身でたどりついた京都では島原遊廓《ゆうかく》の端女郎《はしじょろう》に騙《だま》され、女犯《にょぼん》の濡《ぬ》れ衣《ぎぬ》を着せられた。凍てつく三条河原《さんじょうがわら》に三日間も晒《さら》されたあげく、暴徒と化した群衆に逐《お》われて命からがら粟田口《あわたぐち》へ逃れた。

逃れたのちは大津から瀬田《せた》の唐橋《からはし》を抜け、中山道《なかせんどう》の近江路《おうみじ》を東へ向かった。

さらに、草津からは琵琶湖の東畔に沿って進み、五個荘《ごかしょう》や鯖江《さばえ》や大聖寺《だいしょうじ》で厄介事に巻きこまれながらも、越前から加賀へ、北国《ほっこく》街道の加賀路をひたすら北上した。

ここにいたるまで、大勢の悪党を斬ってきた。

たとえそれが修羅《しゅら》の道であろうとも、街道の行きつくさきまで、とりあえずは行ってみるしかあるまい。

「腹が減ったな」

旅籠《はたご》に泊まろうにも先立つものがなく、ここ数日は野宿を繰りかえしてきた。

辻《つじ》強盗をやるわけにもいかず、物乞いに身を堕《お》とす気もない。痩《や》せても枯れても武辺者の端くれと粋がってはみても、空腹には耐えられぬ。

擦《す》りきれた袖口《そでぐち》から木天蓼《またたび》の実をとりだし、ひとつふたつ齧《かじ》ってみる。

「けっ、不味《まず》い」

木天蓼は「又旅」とも称し、旅人に精をつける妙薬だった。

金はなくとも、こうした知識だけはある。

江戸の南町奉行所で隠密廻《おんみつまわ》りをやっていたころの経験だ。

かつては「南町の虎」と呼ばれ、悪党どもに恐れられていた。

辻斬り、強盗、掏摸《すり》、勾引《かどわかし》、鉄火場の破落戸《ごろつき》から女犯の破戒僧にいたるまで、悪党と名のつく輩《やから》は片端から捕縛し、数々の手柄も立てた。

すべては来し方のはなしだ。

あのころに戻る気はない。

「……一年か」

忘れもしない。今日のような漫《そぞ》ろ寒い秋の夕まぐれ、見送るものとてなく、打飼《うちが》いひとつ背負って旅路についた。

蒼穹《あおぞら》にぽっかり浮かぶ雲を眺め、浮雲になろうときめたのだ。

将来を誓いあった許嫁《いいなずけ》にも別れを告げてこなかった。

今にしておもえば、それが唯一の心残りかもしれない。

だが、恋い焦がれた娘の面影も次第に薄らいでいった。

凍てつく三条河原に晒された日、大坂では大塩平八郎《おおしおへいはちろう》の乱が勃発《ぼっぱつ》した。将軍は家斉《いえなり》から家慶《いえよし》に代替わりし、老中の水野忠邦《みずのただくに》は景気浮揚の施策として純度の高い五両判を新鋳させるなどしていた。

世の中は動いている。

群雲《むらくも》のように流れ、乗りおくれた者たちを置きざりにしていく。

五両判なんぞには、お目に掛かったこともない。

野良犬のように、いつも腹を空《す》かせていた。

犀川はものも言わず、滔々《とうとう》と流れている。

数日来の雨で水嵩《みずかさ》は増し、流れはかなり疾《はや》い。

右岸には京の四条河原を模した芝居小屋が立ちならび、左岸には石坂《いしざか》の茶屋街が控えていた。

橋を渡りきれば、そこは日の本一番大名の城下町だ。

傾奇者《かぶきもの》で知られる初代前田利家《まえだとしいえ》の御代には、長脇差の大髭《おおひげ》侍が闊歩《かっぽ》していたともいう。

黄金に煌《きら》めく百万石の殷賑《いんしん》をまえに、胸の躍らぬ旅人はいない。

八郎兵衛の繰りだす足も、こころなしか速まった。

と、そのとき。

橋向こうから「はっ、はっ、はっ」と奇妙な気合いを発し、飛び六方で迫ってくる男があった。

筋隈角鬘《すじぐまずみかつら》の傾奇者だ。

柿色《かきいろ》の派手な衣装に身を包んでいる。

「緞帳《どんちょう》役者か」

男は「しばあらく、しばあらく」と市川團十郎《だんじゅうろう》張りの見得《みえ》を切り、大胆《だいたん》にも行く手を遮った。

扮装《いでたち》は派手だが、八郎兵衛にくらべれば頭ひとつ低い。

「そこにみえるは鬼若丸《おにわかまる》。待たれい、暫《しばら》く待たれい」

叫ばれたところで、八郎兵衛はぴくりとも反応しない。

「こやつ、酔うておるな」

どうせ、売れない役者だろう。

宮地芝居がはね、振るまい酒をたらふく呑《の》み、浮かれ鳶《とんび》よろしく躍りだしてきたのだ。

男の大仰な声音《こわね》を聞きつけ、通行人があつまってくる。

「ありゃ、どこの役者じゃろう」

「南座の藤七郎《とうしちろう》ぞ」

「おいね、へべれけじゃ」

「なにをさらす気じゃろうの」

土地の人々は興味津々の顔で、人垣を築きはじめた。

八郎兵衛は面倒臭いので、黙って脇を通りすぎようとする。

ところが、藤七郎なる役者は「通せんぼじゃ」と喚《わめ》き、両手をひろげてみせた。

よほど嬉《うれ》しいことでもあったのか、隈《くま》取りの目尻を垂らし、へらへら笑っている。

「鬼若丸よ、金子《きんす》は欲しくないか」

藤七郎は五本車鬢《くるまびん》を震わせ、懐中から山吹色の大判一枚をとりだした。

「わしはの、侍というものにいささか恨みがある。おぬしの頰を一発、いや、二発、げんこで撲《なぐ》らせてはくれまいか。さすれば、このご祝儀を進呈いたそう」

酔った勢いとはいえ、糞度胸がある。

八郎兵衛は大判を睨《にら》みつけた。

「ほんものか」

両替屋で換金すれば、八両にはなる。

しかし、酔いどれの憂さ晴らしに付きあう気はない。

「いかがいたす。頰が嫌《いや》なら尻でもよいぞ。尻をまくってみせるか。ふわっはっは」

これだけ虚仮《こけ》にされたら、無礼打ちにしても構うまい。

だが、丸腰の町人相手に刀を抜く気はなかった。

八郎兵衛は表情を消し、とりあおうとしない。

「鬼若丸ともあろうものが、怖気《おじけ》づいたか。ふっ、腰の刀は竹光《たけみつ》かい」

擦れちがいざま、酒臭い息を吹きかけられ、怒りの尻尾《しっぽ》に火が点《つ》いた。

「それほど白刃《はくじん》が拝みたいか」

「へっ」

「ならば、みせてやる」

電光石火、八郎兵衛は抜刀した。

藤七郎も見物人も、太刀《たち》筋を目にできない。

一陣の風が吹きぬけた瞬後、本身は鞘《さや》に納まっている。

――ちん。

小気味よい鍔《つば》鳴りとともに、藤七郎の元結《もっと》いがぷつっと切れた。

「わっ」

一斉に、どよめきが沸きおこる。

惚《ほう》けた隈取り男の両肩には、ざんばら髪が垂れていた。

「酔いが醒《さ》めたか、あん」

八郎兵衛は右腕をにゅっと伸ばし、綿のはいった衣装の襟首《えりくび》を捻《ひね》りあげる。

藤七郎は爪先を浮かせ、釣り針を食った魚のようにばたついた。

「恐《おと》ろしい力じゃ」

「ほんになあ」

見物人は瞠目《どうもく》し、生唾《なまつば》を呑みこむ。

八郎兵衛は襟首を摑《つか》んだまま、無造作に右腕を振りあげた。

「うわああ」

沸騰する野次喝采《かっさい》のなか、藤七郎は空高く抛《ほう》られ、欄干《らんかん》を泳ぐように飛びこえていった。

「ひぇえええ」

悲鳴をあげても遅い。

「落《う》ちた」

「大変《だいばら》や」

見物人どもは喜々として駈け、欄干に齧《かじ》りつく。

凍てつく川面《かわも》に、ぼんと水飛沫《みずしぶき》が跳ねあがった。

犀川は深い。男川ともいう。

眼下の川面に流れているのは、恐慌をきたす筋隈の顔だ。

浮かびつ沈みつしながら、流されていく。

橋のうえでは、人垣がざわめいていた。

手を叩いて喜ぶ者や囃《はや》したてる者まである。

下手《へた》な芝居にくらべれば、こちらのほうがおもしろい。

泥酔した役者が川に抛られることなど、そうあるはなしではないからだ。

八郎兵衛は喧噪《けんそう》をよそに、百万石の城下へつづく長い橋を渡りきった。

「自業自得」

二

往還の左手には長町《ながまち》の武家屋敷、右手の小立野《こだつの》丘陵には雄大な城郭がみえる。

城の後ろ、北東の鬼門に聳《そび》えたつ山は卯辰山《うたつやま》だろう。

山肌は風に吹かれ、錦繍《きんしゅう》の衣を靡《なび》かせている。

金沢城に天守閣はない。

関ヶ原の戦役から二年目に焼け、幕府の目を憚《はばか》った歴代藩主は天守再建に着手しなかった。

天守閣はなくとも、城郭は百万石の威風を感じさせる。

満々と水を湛《たた》えた蓮池濠《はすいけぼり》、戸室石《とむろいし》を隙間《すきま》なく積みあげた流麗な石垣、海鼠壁《なまこべい》の白い帯と赤銅《しゃくどう》に照りかがやく御殿の甍《いらか》。おそらく、御殿内部の天井絵や襖《ふすま》絵には金箔《きんぱく》がふんだんにつかわれているのだろう。

城の南東には、林泉回遊式の美しい庭園もある。

文政《ぶんせい》五年、ときの為政者だった松平《まつだいら》定信《さだのぶ》によって「兼六園」と名づけられた外苑のことだ。

現当主の前田斉泰《なりやす》（第十三代藩主）は、庭の中心に霞ヶ《かすみが》池《いけ》を完成させた。池の東に虹橋を架け、橋のたもとに二股の徽軫灯籠《ことじとうろう》を配し、対岸の池畔には唐崎松を植えた。

斉泰という殿様は、なかなかの策士でもある。

十年前、今は大御所となった家斉の子であった溶姫《ようひめ》を正室に迎えいれた。祝言に際しては莫大《ばくだい》な費用を掛け、江戸本郷の上屋敷に豪壮華麗な朱塗りの御守殿門を建造させた。

もちろん、雲上人の為《な》せる所業など、痩せ浪人の関知するところではない。

八郎兵衛は長町の武家屋敷を漫然と眺めつつ、暮れなずむ往還を進んだ。

「もし、お武家さま」

ふいに、声を掛けられた。

入相《いりあい》の狭間《はざま》から抜けだしてきたのは、黒縮緬《くろちりめん》の袖頭巾《そでずきん》をかぶった色白の女だ。

眉をきれいに剃《そ》り、頰には薄紅をほどこしている。

武家の妻女か。

齢《とし》は二十代のなかば、匂うような色気があった。

しかも、眉間《みけん》の中心には白毫《びゃくごう》に似た黒子《ほくろ》まである。

艶《あで》やかな姿態には菩薩《ぼさつ》の神々《こうごう》しさが秘められていた。

「前田家馬廻《うままわ》り役、上川兵馬《かみかわへいま》の妻、志乃《しの》と申します」

「拙者《せっしゃ》になにか」

「おたのみ申しあげたきことが」

おもいつめた黒い瞳に、うっかり吸いよせられた。

「たのみだと。どこの馬の骨とも知れぬ拙者にか」

「さきほど、橋のうえで」

「みておったのか」

「はい」

となれば、面倒な頼み事にまちがいない。

——断ってしまえ。

耳もとで囁《ささや》く声を聞きながら、八郎兵衛は無精髭を撫《な》でまわす。

これきりで別れるのは、いかにも惜しい。

「事情を聞こうか」

おもわず、口走ってしまった。

志乃は頭《こうべ》を垂れ、地味な着物の裾端《すそはし》をとって歩みだす。

誘いこまれたさきは武家屋敷の外れ、色褪《あ》せた幟《のぼり》の立つ稲荷《いなり》社《しや》の祠《ほこら》だった。

志乃は稲荷明神に手を合わせると、苔生《こけむ》した石像の狐《きつね》に白い花を手向《たむ》けた。

「梅鉢草《うめばちそう》です」

擽《くすぐ》るように囁いてみせる。

白い五弁の可憐《かれん》な花だ。一本の茎に咲く花はひとつ、霜が降りても凜《りん》として咲きつづける。

端正で強靭《きようじん》な花が、志乃のすがたとかさなった。

梅鉢の花弁はまた、前田家の家紋でもあった。

それを摘《つ》みとって狐に手向ける行為には、何か強い意志が込められているような気もする。

八郎兵衛は勝手に邪推しながら、祠の裏手にみちびかれていった。

「なにとぞ、罰当《ばちあ》たりな女の願いをお聞きとどけくださいまし。じつは主人の、上川兵馬の利《き》き腕を折ってほしいのでござります」

「なに」

震える朱唇《くちびる》から洩《も》れた台詞《せりふ》は、耳を疑う内容だった。

上川兵馬は富田《とだ》流小太刀《こだち》の達人で、城中でも知らぬ者はいない。

その上川にむかって、昂然《こうぜん》と挑戦状を叩きつけた者があったという。

「佐分利《さぶり》流槍術《そうじゅつ》を得手とする粕谷五郎太《かすやごろうた》にござります」

人持組組頭（家禄三千七百石）の父をもつ札付きの暴れ者らしい。

「大身《たいしん》の惣領《そうりょう》か」

五日後に催される玄猪《げんちょ》の武芸上覧において、上川と粕谷は戦う。

刃引きをしてあれば、鋼の得物《えもの》で戦ってもよい。

御前試合としては稀《まれ》ともいえる真剣勝負である。

「そもそもは、搦手《からめて》の石川門を守る番士たちの軽口からはじまったことだそうです」

志乃は長い睫毛《まつげ》を瞬《しばた》き、苦しそうに語りつづける。

ひと月ほどまえ、番士のひとりが夜営の篝火《かがりび》に照らされながら、こう洩らした。

「槍と小太刀を戦わせたら、どちらが勝つであろうか」

応じた何人かは異口同音に槍であろうと断じきり、相手にしなかった。

「ならば、ひとつ賭《か》けをしよう、ただし、条件がひとつある。小太刀の遣《つか》い手《て》が藩内屈指の達人、上川兵馬となればいかが」

番士たちの戯《ざ》れ話を、番頭が聞いていた。

ちょうど、御前試合のおおとりを飾る趣向を考えよと、重臣から難題をあたえられていたところだった。

「小太刀と槍の申しあいか、なるほど」

八郎兵衛でも興味を惹《ひ》かれる組みあわせではある。

さっそくこの内容は主君斉泰にもたらされ、随意にすすめよということになった。

――上川兵馬に挑む強者《つわもの》は申しでよ。

との通達に、上川の武名を知る槍自慢たちが手をあげた。

若い藩士らにとって、御前試合は檜《ひのき》舞台にほかならない。活躍によっては出世の糸口を手にできる。

手をあげた並みいる強者のなかでも、粕谷五郎太の力量は抜きんでていた。

「ただし、性分にいささか難ありとのこと」

「ほう、どのような」

「酒に酔って暴力を振るい、他人様《ひとさま》を傷つけておしまいに」

「なんだ、その程度のことか」

旗本の御曹司にも、血の気《け》の多い連中は大勢いた。

粕谷は丈六尺、重さ四十貫目の大兵《だいひょう》だ。おのれの力を持てあまし、暴力沙汰《ざた》におよんだだけのはなしであろう。

粕谷は「是非とも推輓《すいばん》を」と周囲にはたらきかけ、みずから、重臣の邸《やしき》へ乗りこむほどの気迫をみせた。

「上川なんぞは七十俵五人扶持《ぶち》の軽輩にすぎぬ、粕谷家伝来の鎌槍《かまやり》でひと突きにしてくりょう」

家柄を誇示する粕谷にしてみれば、下士身分の上川が挑戦を受けてたつ立場にあること自体、気に食わなかったようだ。

父主水丞《もんどのしょう》の強力な後押しも効き、粕谷五郎太は挑戦者の権利を摑んだ。

噂《うわさ》は城下一円にひろまった。

上士たちはこの一戦に意地を賭け、下士たちは常日頃の鬱憤《うっぷん》を晴らさんとすべく、決戦の日を指折り数えて待つようになった。

　世評では上川有利とみるむきが大半を占めていたものの、いまや城下は上士と下士を二分させるほどの尋常ならざる雲行きになりつつあるという。

「お城からの御使者は、まだみえておりませぬ」

　と、志乃は声を震わせた。

「腕を折れば、上川どのが辞退なさるとお考えか」

「はい」

「甘いな。受けてたたぬわけにはいくまい」

「そうでしょうか」

「挑まれたら戦う。侍の意地というやつさ。志乃どのも武士の妻ならわかるはず。受けてたたねば、上川どのは臆病者《おくびょうもの》の誹《そし》りを免《まぬが》れぬであろう」

「じつを申せば、主人はこころを決めております」

「ならば、こころおきなく戦わせてやればよいではないか」

「勝ってほしくないのでござります」

「へ、なぜ」

「勝てば恨みを買いまする。恨みを買うくらいなら、負けたほうがよいのでござります」

甘すぎる。刃引きのなされた鋼で戦っても、打擲《ちょうちゃく》されれば大怪我をするのは目にみえている。それでも負けたほうがよいと、志乃は涙ながらに訴えるのだ。

「勝てば、きっと命を狙《ねら》われます。生涯、刺客に脅《おび》えて暮らすのは耐えられませぬ」

「上川どのには、そのことを」

畳に額《ぬか》ずき、負けてほしいと泣いてたのんではみたものの、頑として受けつけてもらえなかった。

「あたりまえだ。負けるつもりで試合にのぞむくらいなら、腹を切ったほうがましだからな」

「そうしたものでしょうか」

「剣に生きる者の志だ。申しあいは神聖な場、男が生死を賭ける修羅場でもある。負けは死に等しい」

「困りました」

ほっと溜息《ためいき》を吐《つ》き、志乃は萎《しお》れた花のようにうなだれた。

「されどな」

と、八郎兵衛は余計なことを口走る。

「腕を折るのは、あながち粗忽《そこつ》な手段とも言いきれぬ」

「まことでございますか」

「上川どのは怪我を隠し、腕一本でも戦おうとなさるだろう。そのあげく、負けたにしても、懸命に戦ったのであれば悔いは残るまい。達人ならば、負け方も知っていよう。致命傷となるほどの傷は負わぬはずだ」

「なれば、お願いできますか」

志乃は顔を輝かせた。

旦那《だんな》の腕を折ってもらうことが、それほど嬉しいのだろうか。

事情が事情とはいえ、八郎兵衛は複雑な心境にとらわれた。

危ういな。

このまま、女の浅知恵に乗ってしまうのか。

「わしにできるかのう」

上川は御前試合の噂が立ってよりこのかた、斎戒沐浴《さいかいもくよく》にも近い暮らしをはじめ、一滴の酒も嗜《たしな》まぬという。

酩酊《めいてい》させられぬとなれば、闇討《やみう》ちを仕掛けるしかない。

だが、冨田流の達人にどうやって近づけばよいのか。

下手をすれば、こちらの命が危ない。

「妙案がございます」

「聞こうか」

「わたくしが笠市《かさいち》の七つ屋に主人の刀を預けます」

「ほう、大小を質《しち》に入れると」

「主人は憤慨し、刀をとりもどしに向かうでしょう」

「その道すがらで襲えというのだな」

「はい」

「機会《とき》はいつ」

「明晩、戌《いぬ》の五つ（午後八時）ごろ」

七つ屋までの道順を詳しく聞きだし、八郎兵衛は踵《きびす》をかえした。

釣瓶《つるべ》落《お》としの夕陽は地平の彼方《かなた》に没し、あたりは闇を濃くしている。

目もとを赤く塗った狐の顔だけが、灯明《とうみょう》に妖《あや》しく照らしだされていた。

「あの……」

呼びとめられ、八郎兵衛は振りかえった。

「……恐れながら、御姓名をお聞かせください」

志乃は朱唇《くちびる》をひらき、ぽっと頬を染める。

やはり、可憐な花だ。

「わしは伊坂八郎兵衛。見掛けどおりの野良犬さ」

「されば、伊坂さま。これを」

志乃はつっと身を寄せ、奉書紙でくるんだ包みを差しだす。

「なんだ」

「二両ございます。足りなければまたご用意いたします」

報酬など忘れていた。

頂戴《ちょうだい》できるものなら貰《もら》っておこう。

「すまぬな、では」

八郎兵衛は金を受けとり、稲荷明神に背を向けた。

袖を靡《なび》かす秋風は冷たい。

志乃の洩らした溜息は安堵《あんど》の溜息であろうか。

それとも、依頼したことを後悔しているのか。

八郎兵衛には判別できなかった。

三

懐中が温かくなれば、自然と足は居酒屋へ向く。

町人街でみつけた縄暖簾《なわのれん》をくぐると、賑《にぎ》やかに騒いでいた連中が口を噤《つぐ》み、胡乱《うろん》な眼差《まなざ》しを投げかけてきた。

どこの土地でも、よそ者は歓迎されない。

薄汚い浪人者となれば、なおのことだ。

胡麻塩《ごましお》頭の痩せた親爺《おやじ》は注文をとりにこようともせず、奥の暗がりでこちらの様子を窺《うかが》っている。

「親爺、酒をくれ、冷やでいい。飯もくれ」

八郎兵衛は、人目を避けるように隅の席へ座った。

目のまえにとんと徳利が置かれ、湯気の立った丼飯《どんぶりめし》と香の物もはこばれてくる。

じわっと滲《にじ》んだ唾を啜《すす》り、猪口《ちょこ》に酒を注《つ》いだ。

徳利をもつ手が震え、猪口から酒がこぼれだす。

「おっと、もったいない」

首を鶴のように伸ばし、尖《とが》らせた唇《くち》もとを猪口に近づける。

この瞬間がたまらない。

くっと、一気に呑みほす。

「染みる、染みるなあ」

ひさしぶりの酒だ。

生気が甦《よみがえ》ってくる。

八郎兵衛は丼を手にとり、挑むように飯をかっこんだ。

かっこんでは酒を啖《くら》い、新香を囓っては酒で飯を流しこむ。

すぐさま丼は空《から》になり、徳利も軽くなった。

「酒をくれ、親爺。一升徳利でな」

親爺は胡麻塩頭を振り、徳利を抱えてきた。

そして、奥へはさがらず、困った顔で立ちつくす。

「ん、どうした。飲み代《しろ》なら、ほれ、ここにある」

床几《しょうぎ》のうえで、小判が跳ねた。

「うえっ」

「驚くことはあるまい。俵目を打った正真正銘の小判だぞ」

「旦那、釣りがごぜえやせん」

「釣りはいい」

「そういうわけには」

「ここにいる連中に振るまってやれ」

「よろしいので」

「いいさ、遠慮はするな」

酒を呑むと、気がおおきくなる。

見栄っ張りな江戸者気質《かたぎ》の名残《なごり》だ。

懐中が潤うと、かえって落ちつかなくなる。

一升徳利も残り少なくなったころ、白首の女が隣にやってきた。

「旦那、酌をさせてくださいな」

女はやたら縞《じま》の着物を身に纏《まと》っていた。

練れた仕種《しぐさ》でしなだれかかり、手まで握ってくる。

蹴転《けころ》とか茶汲《ちゃく》み女とか呼ばれる私娼だろう。

「遠方《えんじょ》から来たのけ」

「江戸だ」

「おいや、東男《あずまおとこ》け」

「そんなにめずらしいか」

つらつら眺めるに、容色のわるい女ではない。

齢は三十路《みそじ》前後、肌理《きめ》のこまかい餅肌《もちはだ》をしており、頬の肉付きなども豊かだ。

切れ長の流し目にそそられ、八郎兵衛は猪口を差しむけた。

「名は」

「い、おせち」

「おせち」

「正月料理か、めでたいな」

「うふふ、食べてみなさる」

「はあて、どうするかな」

おせちは白い喉《のど》を波打たせ、返盃《へんぱい》の酒をひと息に呷《あお》った。

「ぷう、おいし」

盃《さかずき》の縁に付いた紅を、さりげなく指で拭《ぬぐ》う。

八郎兵衛は前触れもなく、おせちの胸もとに掌《てのひら》を捻《ね》じいれた。

「よして、旦那」

甘ったるく応じ、抗《あらが》いもしない。

鼻に皺《しわ》を寄せ、乱れた胸を仰《の》けぞらす。

「旦那、よして。ね、こんなところで」

「どんなところなら、よいのだ」

無表情で問いかけ、縞の裾をめくりあげる。

小当たりに触れると、おせちは怺《こら》えきれず、膝《ひざ》をぎゅっと閉じてみせた。

「だめ、だちゃかん、あせくらしいのは……好かん」

ぽってりした朱唇をひらき、わけのわからぬ台詞《せりふ》を吐く。

気づいてみれば、客はひとりのこらず席を立っていた。

痩せた親爺は溜息を吐き、暖簾をさげようとしている。

「親爺、酒が切れたぞ」

面白半分に追いうちを掛けると、おせちが隣で笑いころげた。

半分残った一升徳利を肩にさげ、八郎兵衛は居酒屋から外へ出た。

おせちに手を取られて連れこまれたさきは、材木町の堀川に面した長屋の二階だった。

古びた局《つぼね》長屋には、おせちとおなじような女たちが屯《たむろ》し、取っかえ引っかえ酔客を連れこんでは商売をやっていた。連れこみ宿のようなものだが、黴《かび》臭い二階の一室はおせちのねぐらでもあるという。

三畳間には鏡台だの衣桁《いこう》だのが置かれ、褥《しとね》も敷いてあった。

八郎兵衛は酔いにまかせ、おせちを抱いた。

二度抱けば情が湧き、三度目からは離れがたくなる。

男の性《さが》とは哀《かな》しいものだ。

どれだけ情を交わしても、商売女には嘘がある。おせちの狙いは金以外にない。

わかっている。薄汚い酔いどれにほだされるほど、初《うぶ》な女ではない。

わかってはいるものの、あわよくば間夫《まぶ》と同様の情けをかけてほしいと、つい、おもってしまう。

翌日は午《ひる》過ぎまで寝惚《ねほう》けた。

「旦那は腎張《じんば》りやねえ」

「そうか」

「強い男は好きや」

おせちは『俵屋《たわらや》』の飴《あめ》をなめながら、鼻にかかった声で囁く。

俵屋は浅野川を渡った東岸にあった。天保《てんぽう》元年に創業した人気の飴屋だ。

飴のように甘ったるく愛撫され、とろとろしかけているうちに、暮れ六つの鐘が聞こえてきた。

八郎兵衛は、やおら腰をあげる。

「どこへ、おいきなさるの」

「ちょっとな」

うっかり、志乃の依頼を失念するところだった。

八郎兵衛はおせちに別れを告げ、翳《かげ》りゆく往還に重い足を引きずった。

安請けあいしてしまったことを、いまさらながらに悔やんでいる。

かといって、約束を果たさずに逃げだすのも忍びない。

「気がすすまぬ」

斬るのではない。腕を折るだけだ。

何度もおのれに言いきかせ、教えられた道に沿って城下の北西へむかう。

風は冷たい。

それでも、時雨《しぐれ》が降ってこないだけ、まだましだろう。

垢《あか》じみた袷の襟を寄せ、八郎兵衛は笠市の一角へ踏みこんだ。

わずかに北へ進めば、浅野川の畔《ほとり》へたどりつく。

城下の北に流れる浅野川は女川と呼ばれ、水底が透けてみえるほど浅く、冬には友禅流しなどもおこなわれるという。

「うまくやったかな」

志乃は夫の大小をもちだし、笠市の七つ屋に預けると言った。

その七つ屋がみえてくる。

裏辻にひっそりと招牌《まねき》を掲げ、世間に気兼ねでもするかのように佇《たたず》んでいる。

周囲は人通りに乏しい。

なるほど、襲うにはもってこいのところだ。

もちろん、刀の請けだされたあとではまずい。

告げられた刻限よりも早く到着し、天水桶《てんすいおけ》の陰にでも隠れ、じっと機会を待とうとおもっていた。

はたして、上川兵馬はあらわれるのか。

志乃はいったい、どうやって刀を奪うのだろう。

いずれにしろ、旦那の在宅中を狙うしかあるまい。

だが、かりに刀を奪うことはできても、俊敏な夫の目を盗み、外へもちだすことはできるのか。

「ふん、まあよい」

案じても詮無《せんな》いことだ。

志乃ならば、きっとうまくやる。

戌の五ツから、四半刻《しはんとき》が過ぎた。

爪先まで冷えきったころ、露地の向こうに提灯《ちょうちん》がひとつ浮かんだ。

「来たな」

八郎兵衛は顎《あご》を突きだし、揺れる炎を睨みつけた。

——齢は二十九。体形は撫で肩で細身。顔は公家《くげ》風の瓜実顔《うりざねがお》。

志乃の語った上川の特徴は、達人の印象とはほど遠い。

暗がりから飄然《ひょうぜん》とあらわれたのは、まさしく教えられたとおりの男だ。

瓜実顔をやや紅潮させ、上川は急ぎ足で近づいてきた。

八郎兵衛は相手が丸腰であることを確かめ、堆《うずたか》く積まれた天水桶の陰から、さっと身をひるがえす。

音もなく背後へ忍びより、一間《けん》ほどの間合いから声を掛けた。

「もし、お待ちくだされ」

上川はぎょっとした顔で振りかえり、左手で提灯を突きだした。

「なにか」

「すまぬが、ちと道を尋ねたい。道に迷ってしまいましてな」

「旅のお方か」

「いかにも」

「それは難儀な。して、どこへ行かれる」

上川は斜めに身構え、白い息を吐いた。

丸腰のせいか、焦りを隠しきれない。

「茶屋に行きたいのでござる」

「ひがし茶屋のことであろうか」

「さよう、ひがし茶屋でござる」

「なれば」

と、上川が指を差しかけたところへ、八郎兵衛は猛然と襲いかかった。

「うわっ」

提灯が暗闇に弾《はじ》けとび、かさなりあった影がどさっと地に落ちる。

上川だ。

柔術のおぼえがないらしい。

八郎兵衛の繰りだした手刀で首筋を強《したた》かに打たれ、白目を剝《む》きながら昏倒《こんとう》してしまったのだ。

「すまぬな、わるくおもうなよ」

八郎兵衛は屈《かが》みこみ、上川の右腕を拾いあげた。

右腕の肘《ひじ》のあたりを、台座にみたてた自分の膝上に載せる。

あとは気合いを込め、粗朶《そだ》を折る要領で荷重を掛けてやればよい。

「やっ」

鈍い音とともに、右腕が逆の方向へ捻じまがった。

「ぎえっ」

痛みのせいで上川は覚醒《かくせい》し、腕を抱えながら地べたを転げまわる。

右腕は折れたのではなく、関節をはずされていた。

腱《けん》が伸びているので、当分のあいだは刀を手にすることもできまい。

「……く、くう」

悲痛な呻《うめ》きが、背中にまとわりついてくる。

八郎兵衛は両耳を塞《ふさ》ぎ、その場から足早に立ちさった。

「ちっ」

妙な感じだ。

理由はわからない。

わだかまりは、胸底深く沈んでいき、澱《おり》となる。

気づいてみると悲鳴は聞こえなくなり、いつのまにか浅野川の土手にたどりついていた。

四

浅野川は城下の北を抜け、穀倉地帯を経て河北潟《かほくがた》に注ぎ、そこから大野川《おおのがわ》と名を変えて日本海へ達する。

やがては外洋の荒波となる清流も、今は静かに星影を映していた。

八郎兵衛は川面に背を向け、大路を南にたどった。

「これで二両ぶんか」

御前試合は四日後、右腕を使えない上川の負けは決まったも同然だろう。

すべては夫を愛するがゆえのこと、切羽詰まった妻の依頼を聞きとどけたまでと考えれば気休めにはなる。

だが、上川の無念をおもうと、憂鬱《ゆううつ》な気分から逃れられない。

後悔先に立たず。

こうしたときは、酒で紛らわすしかあるまい。

無性におせちの顔がみたくなり、別れを告げた女のもとへ足を向けた。

冴《さ》えた夜空を仰げば、南のひとつ星が瞬いている。

唐土《もろこし》の詩人に「北落の明星」と詠じられ、軍の盛衰をしめす指標ともされた星のことだ。

物悲しい。

八郎兵衛は大路を横切り、近江町の青物市場へやってきた。

昼間は喧噪《けんそう》に溢《あふ》れた界隈《かいわい》も、今は死んだように眠っている。

底知れぬ闇だ。

地表にわだかまる夜気は張りつめ、全身の肌を粟立《あわだ》たせる。

突如、殺気が膨らんだ。

軒を並べる仮小屋の陰から、数人の跫音《あしおと》が寄せてくる。

辻強盗か。

わらわらと躍りだしてきたのは、月代《さかやき》頭の連中だった。

食いつめ浪人でないことは、風体《ふうてい》でわかる。

加賀の藩士であろうか。

驚いた。

なぜ狙う。

敵は五人だ。

いずれも柄《つか》に手を掛け、横駈けで囲みはじめる。

「おいおい、なんの真似《まね》だ」

無駄とは知りつつも、問いかけてみた。

「問答無用」

低く応じたのは、丈も幅もある牛のような男だ。

牛の右脇には、小狡《こずる》そうな鼬《いたち》顔の男が控えている。

ふたりが威勢よく抜刀するや、腹背にまわった三人も同時に抜いた。

五本の刃《やいば》が青眼《せいがん》に揃《そろ》い、星明かりに蒼白《あおじろ》く閃《ひらめ》いている。

「人違いではないのか」

「問答無用と申しておる」

「野良犬を斬《き》ってどうする。刀の錆《さび》になるだけだぞ」

「抜け」

「そうはいかぬ」

八郎兵衛の落ちつきはらった態度に、刺客どもは気圧《けお》された。

矮軀《わいく》の鼬が牛にむかって、なにやら耳打ちをしている。

「ほほう。おぬし、居合を遣うのか。抜かぬ理由はそれだな」

「ん、なぜ知っておる」

返事はない。

闇を揺るがす咆哮《ほうこう》とともに、牛が猛然と地を蹴《け》った。

「どせい……っ」

真正面から、斬りかかってくる。

三尺におよぶ厚重ねの剛刀が、大上段から鉈《なた》斬りに振りおろされた。

八郎兵衛は腰溜めに構え、堅牢《けんろう》な柳生《やぎゅう》拵《ごしら》えの黒鞘を握りおとす。

「ふん」

強烈な閃光《せんこう》が放たれた。

刀長二尺四寸の本身が鞘走り、中段から牛の左胸を横薙《な》ぎに払ってみせる。

「ぐわはっ」

白刃《はくじん》は肉を裂き、肋骨《あばら》の狭間を突いて心ノ臓を破った。

牛は身を捻り、どっとくずおれる。

本物の牛ならば、こうもたやすくはいくまい。

人のからだとは存外に脆《もろ》いものだ。脂肪の薄い脇胸を狙えば、いとも簡単に仕留められる。

修羅場を踏んだ者にしかわからない。

人を斬った経験のある者でなければ、ぎりぎりの間合いから居合技を繰りだすことなどできない。

肉塊と化した牛は、どす黒い血の池に俯《うつぶ》している。

八郎兵衛は横に跳ね、右側のひとりを摺付《すりつ》けに薙いだ。

「ほげっ」

胴が横一文字に切断され、臍《へそ》からうえの半身がずりおちていく。

さらに背後のひとりを袈裟懸《けさが》けに斬りさげ、四人目の首を薙ぎとばすやいなや、呆気《あっけ》に取られた生首は一間余りも弾けとんだ。

ひとたび接近戦で抜かせたら、八郎兵衛の居合技にかなう者はいない。

それと知らずに立ちあった者は幸運かもしれぬ。恐怖を知らずに死ねるからだ。

四人は逝《い》った。

八郎兵衛に呼吸の乱れはない。

軽やかな舞いをひとさし、舞ってみせたようなものだ。

凄《すさ》まじい切れ味の大業物《おおわざもの》は、堀川国広《ほりかわくにひろ》の名刀であった。

華美な装飾もなければ、愛玩品の流麗さもない。梨子地《なしじ》の地肌には互《ぐ》の目の刃文が浮きたち、反りは浅く身幅の広い厚重ねの逸品だ。頑強無比な風貌《ふうぼう》は、戦場刀を髣髴《ほうふつ》とさせた。

国広は人の血を吸い、凄艶《せいえん》さを際立たせる。

刀は生き物という。

人の正邪を映す鏡でもあった。

八郎兵衛は、正邪の間境《まざかい》にいる。

本能のままに斬撃《ざんげき》をかさねたならば、畜生道へ堕ちるだけだ。

事の善悪を問わずに人を斬ったそのさきには、奈落がぽっかり口を開けている。

「ならば、どうせよと」

闇雲に斬りかかってくる相手を斬るなというのか。

胸底に残された良心の欠片《かけら》に、問いかけてみる。

――容赦なく、斬りすてればよかろう。

修羅道の魔物が、耳もとに囁いてくる。

——ためらえば犬死にを待つのみ。存分に刃を振るうがよい。

「けえ……っ」

八郎兵衛は怒声を発し、刀身に流れる血を振った。

柄をくるっと回転させ、素早く鞘に納める。

「襲うた理由をいえ」

最後のひとり、鼬顔の男に問いかけた。

鼬は顔面蒼白《そうはく》となり、歯の根も合わせられない。

「喋《しゃべ》れぬのか。ならば問わぬ。去れ」

「……い、嫌だ」

どうやら、踏みとどまるつもりのようだ。

ここで去れば、武士の一分《いちぶん》が立たぬとでもおもっているのか。

「そんなものは犬にでも食われちまえ」

と、八郎兵衛は吐きすてた。

「ならぬ……お、おぬしを、斬らねばならぬ」

鼬は涙目で訴え、刀を青眼に構える。

「やめておけ、死ぬぞ」

「このまま逃げても、どうせ死ぬ身だ」

「どうしてもやるのか」

「ああ」

「詮方《せんかた》あるまい」

八郎兵衛は、だらりと肩を落とした。

左右の足をひろげ、両手首をゆっくり交差させる。

臍下《せいか》丹田《たんでん》に気を溜めるべく、鼻から静かに息を吸いこんだ。

そして、吐く。

長々と口から吐きだし、明鏡止水の境地にいたる。

立身《たつみ》流豪撃《こわうち》の構えだ。

名だたる剣豪に剛毅《ごうき》無双と畏怖《いふ》された剣技をもって、鼬を葬ってやる。

「せめてもの餞別《はなむけ》だ」

「とあっ」

鼬はつんのめるように、中段の突きを繰りだしてきた。

八郎兵衛は抜かない。

相手を深く誘いこみ、極限の一点に気持ちを集中させる。
白刃の切っ先がぐんと伸び、撃尺《げきしゃく》の間境を破ってきた。
今だ。
「ふん」
気合い一声、国広を抜きはなつ。
と同時に、八郎兵衛は両手持ちの大上段に振りかぶっていた。
「なにっ」
鼬は驚愕《きょうがく》し、首を引っこめる。
——ぶん。
刃音が唸《うな》った。
鋼を合わせる暇もない。
八郎兵衛の一撃はあまりに捷《はや》く、強靭すぎた。
「ぎょへ……っ」
悲鳴が途切れた瞬間、鼬の頭蓋《ずがい》はぱっくり割れた。
——げに空恐ろしき剣技なり。
かつて、北辰一刀流《ほくしんいっとう》の千葉周　作《ちばしゅうさく》は八郎兵衛と竹刀《しない》を合わせ、心の底から感嘆してみせたという。
豪撃に二の太刀はない。
それが極意でもあった。
八郎兵衛は苦い顔で、刀身に流れる血を振った。
ぶちっと足のしたで潰《つぶ》れたのは、鼬の目玉であろうか。
そのとき、闇が蠢《うごめ》いた。
「むっ」
もうひとりいる。
――ぎゅん。
弦音《つるおと》が静寂を破り、矢が風を切った。
「後ろか」
振りむく。
正面の闇が裂け、鏃《やじり》の先端が鼻先に迫った。
躱《かわ》せない。
「うっ」
胸に衝撃を受け、大きく仰けぞった。

「くそったれが」

八郎兵衛の左胸に、矢が刺さっている。

鋭利な鏃は胸筋を貫き、背中の皮をも突きやぶっていた。

矢柄を折り、息を詰めて鏃を引きぬく。

「ぬおっ」

激痛に声が洩れた。

心ノ臓に傷はない。

刺客は星影だけをたよりに狙っている。

相当な技倆《うで》の持ち主だ。

八郎兵衛は身を沈め、二番矢に備えた。

「どこだ」

気配が立った。

半町ほど離れた銀杏《いちょう》の木陰だ。

慎重に躙《にじ》りより、耳を澄ます。

「射てみろ」

弦音を聞いた瞬間、突進する気でいた。

だが、ついに、二番矢は放たれなかった。
遁走《とんそう》する人影を目で追いつつ、八郎兵衛は国広を鞘に納めた。
「頭巾をかぶっておったな」
矢を番《つが》えた人物は、錦糸の宗十郎頭巾で顔を隠していた。
ひょっとしたら、闇討ちを画策した首領かもしれない。
ともあれ、とんだ目に遭った。
八郎兵衛は苦笑し、血だらけの左胸を押さえた。
耐えがたいほどの激痛に、涙が滲みだしてくる。
「……やはりな」
上川の腕を捻じまげた罰が当たったのだろう。
漆黒の空を仰げば、南のひとつ星が寂しげに瞬いている。
風に流れる群雲に覆われ、すぐさま、星はみえなくなった。

五

丸一日、おせちの膝で眠りつづけた。

矢傷を手当てし、泥のように眠ったのだ。

もうすぐ、暮れ六つの鐘が鳴る。

疼《うず》く痛みとともに、斬撃の余韻は生々しく甦ってくるのだが、遠い日にみた悪夢のような気もする。

「青物市場で辻強盗に襲われた」

おせちに嘘を吐くと、羅宇《ラウ》の紅《あか》い長煙管《ながギセル》を喫《す》いつけてくれた。

紫煙が揺らめき、煤《すす》けた天井に雲をつくっている。

「花魁《おいらん》でも侍《はべ》らせているようだな」

「あら嬉し。茶屋のお座敷に呼ばれるのが女の夢や」

「ふうん、そんなものか」

「この齢ではもう遅い。夢は夢でございんす」

化粧の剝《は》げかかった顔が、あっけらかんと笑ってみせる。

零落した事情など、質《ただ》すつもりは毛頭ない。

ひときり百文で男を漁《あさ》る身となっても、おせちは百万石の城下町に生まれ育った女だ。加賀女の誇りを胸に生きている。

「痛《いと》うないか」

おせちは心配そうに、あおぐろく腫《は》れた傷口を撫《な》でた。

「たいした傷ではない」

「そうはみえん。ほんでも、我慢強い男は好きや。旦那はほかの男とちがう」

「金はないぞ」

「お金か。たしかに、お金はほしいわな。ほうや、お金といえば、藤七郎にあやかりたい」

「藤七郎だと」

「南座の役者でな。薄汚い熊侍に難癖をつけ、扉川に抛られたのや。てっきり死んだとおもうたら、生きておったのやて」

「まことか」

八郎兵衛は長煙管を落としかけた。

奔湍《ほんたん》に流されたあの情況から推せば、とうてい助かるまいと踏んでいたからだ。

「どうしはったん。藤七郎を知っておんのけ」

「抛ったのは、わしだ」

「ひょえ、旦那が」

「薄汚い熊侍とは、わしのことよ」

おせちは目をまるめ、ことばの接ぎ穂を失った。

「まあ、よいではないか。で、藤七郎はどうなった」

水難から逃れた途端、運《ツキ》を拾ったらしい。格式の高い茶屋を梯子《はしご》しては散財のかぎりを尽くし、幇間《ほうかん》や芸者をあげては騒ぎまくっているという。聞けば、藤七郎は花道を練りあるく看板役者でもなく、にわかに金まわりが良くなった理由をいぶかしむ者も多い。

八郎兵衛は、山吹色に輝く大判のことをおもいだした。

「におうな」

丸火鉢のなかで、芋《いも》が焼けていた。

こんがりと焼けた芋が匂《にお》うのではない。

酔った勢いで突っかかってきた役者のことが臭《にお》うのだ。

「どうやって儲《もう》けたのかねえ。天から小判が降ってきたわけでもあるまいに」

おせちは首をかしげ、ほくほくとした芋を食いはじめた。

「旦那もどう」

「いらん」

八郎兵衛は黙って考えこむ。

大金を摑んだ理由が橋の一件に関わっていたとするなら、藤七郎は一世一代の芝居を打ったことになりやしないか。

おせちに藤七郎の居場所を尋ねると、ひがし茶屋街にある『夕月《ゆうづき》』という見世《みせ》にしけこんでいると教えてくれた。商売柄、仲間内からこうしたはなしを仕入れることができるらしい。

八郎兵衛は傷の痛みも忘れ、局長屋を飛びだした。

ひがし茶屋街は城下の北東、浅野川を渡って右手にあり、卯辰山を背にしている。今から十七年前の文政三年に遊廓の承認を得たというだけあって、町並みはまだ新しい。楼主も女将《おかみ》も総じて若く、遊女はみな若魚のように活きがよかった。

吉原《よしわら》を知る八郎兵衛の目でみれば、廓《くるわ》の規模は小さい。鬼簾《おにすだれ》も花色暖簾もなく、紅《べん》殻格子《がらごうし》の彩りにも欠ける。華やかに演出された吉原ではなく、むしろ、深川《ふかがわ》の茶屋街に似た落ちつきを感じさせた。

遊女も気取っておらず、ことばの端々に辰巳《たつみ》芸者のような婀娜《あだ》があり、芸達者でもある。遊女と芸妓との区別は曖昧《あいまい》で、置屋から呼んだ三味線専門の白芸者でさえも交渉次第では一夜の敵娼《あいかた》をつとめてくれるという。

掛け行灯《あんどん》に火が灯《とも》ると、客がどこからともなくあつまってくる。

なかには稼ぎのすべてを注ぎこみ、身をもちくずす輩もあった。毛氈苔に吸いよせられた羽虫のように、この街で溶けて無くなる者もいるはずだ。

「おおかた、藤七郎もそんなところだな」

道脇のたそや行灯に頰を照らされながら、八郎兵衛は『夕月』の敷居をまたいだ。

見世番の妓夫《ぎゅう》はおらず、客寄せ呪《まじな》いの撫牛《なでうし》と黒光りした金精神《こんせいじん》が祀《まつ》られてある。

間口は狭いものの、奥行きはかなり深そうだ。

「おいであそばせ」

福々しい女将が、満面のつくり笑いであらわれた。

「ささ、お刀をお預かりしましょ」

「待て、ちとものを尋ねたい」

「へえ」

「役者の藤七郎はおるか。呼んでほしいのだが」

女将は八郎兵衛を嘗《な》めるように眺め、厄介事は勘弁してほしいと目顔で訴えた。

「案ずるな。迷惑は掛けぬ。わしのことを洩らさず、連れてきてもらえばそれでよい」

一本眉をぐっと寄せると、女将は素直に依頼を呑んだ。

しばらくすると、女物の襦袢《じゅばん》を纏った藤七郎が騒々しくあらわれた。筋隈角鬘ではない。色白で端正な面立《おもだ》ちの男だ。

まちがいなく本人であろう。

「おれさまに用があるってな、どこのどいつだ。うえっ」

八郎兵衛をみとめるや、藤七郎は床にひっくりかえった。

震えながら両手を拝みあわせ、赦《ゆる》しを請いはじめる。

「……ご、後生だあ……か、勘弁してくれえ」

女将は呆《あき》れ顔でたたずみ、騒ぎを聞きつけた遊女や客もあつまってきた。

「裏の稲荷明神までつきあえ」

藤七郎の首根っこを摑み、見世の外へ連れだす。

稲荷明神は、茶屋街の外れにこぢんまりと祀られてあった。

長町の狐は怒っていたようにみえたが、こちらの狐は笑っている。

襦袢姿でがたがた震える男のことを、情けないやつだと嘲《わら》っているのだ。

「ずいぶん景気がよさそうだな」

八郎兵衛はやんわりと切りだした。

「なあ、藤七郎よ。命までとろうとはいわぬ」

「ひぇっ」

「質すことにこたえろ、正直にな」

「は、はい」

「最初《はな》から、わしに狙いをつけておったのか」

「はい」

「誰にたのまれた」

「横目同心の森田《もりた》誠之介《せいのすけ》さまに」

「ほほう、横目か」

藩主直属の用人《ようにん》部屋に属し、城下町の警邏《けいら》から諜報《ちょうほう》にいたるまで幅広い役目を負う連中のことだ。江戸町奉行所にも、奉行直属の用部屋手付同心たちがいる。南北両奉行所に十人ずつ、いずれも剣技《うで》におぼえのある連中だ。おそらく、同等の手合いであろう。

横目と聞いて、青物市場で襲ってきた連中との関わりを浮かべてみた。

「なるほど」

おもいあたる節はある。鼬顔の男は、こちらの居合の手並みを知っていた。

もしかしたら、あの鼬が森田誠之介なる横目かもしれぬ。

藤七郎をけしかけ、橋のうえでの一部始終を目撃していたのだ。

「指示された内容は」

「腕っぷしの強そうな侍をみつけ、難癖をつけろと」

腕試しか。

しかし、なんのために。

「おまえ、いくら貰った」

「大判一枚」

「あの大判か」

「はい」

「わしが受けとらぬと、決めてかかったな」

「……こ、こっちだって、命懸けだったんだよ」

大判一枚のために、一世一代の芝居を打った。おかげで凍てついた川に抛られて溺れかけ、散々な目に遭った。茶屋で散財するのは御祝儀だとでも言わんばかりに、藤七郎は居直ってみせる。

こやつ、斬るか。

八郎兵衛は、ぞろりと無精髭を撫でた。

敵はこちらの腕を試すべく、本来は藤七郎を斬らせる腹であったにちがいない。

何となく、点と点が繋《つな》がりはじめた。

藩の用人部屋を牛耳《ぎゆうじ》るのは人持組の組頭だ。すなわち、御前試合で上川兵馬の相手に決まった粕谷五郎太の父親にほかならない。森田某が組頭の意向で動いていたとするならば、橋での出来事も青物市場での一件も根はおなじ、御前試合と結びつく。

が、待て。

どう結びつく。

粕谷一派は、是が非でも御前試合に勝ちたい。そのためには手段を選ばず、上川をどうにかしようと考える。ただし、殺害はできない。上士の威信を保つためには、御前試合で完膚無きまでに打ちのめすことが肝要なのだ。

かりに、上川の腕を折ろうと謀議がまとまったとする。しかし、それには策を講じる必要がある。藩士同士の私闘は禁じられているからだ。そこで、腕の立ちそうな浪人者を物色する。

「わしだ」

藩と関わりのない者を用いて、上川の腕を折らせた。

事さえ済めば、野良犬を闇から闇へ葬る腹だった。

ところが、連中はしくじった。

「嘗めてかかったからだ」

判然としないのは、志乃のことである。

上川の腕を捻じまげたのは、妻の懇願にほだされたからだ。

「鍵を握る女か」

考えてみれば、怪しい。

七つ屋までの道順と刻限を知っていたのは、上川本人と志乃だけのはず。にもかかわらず、敵は待ちかまえていたように、闇討ちを仕掛けてきた。

「あの女」

志乃の名を騙《かた》った悪党の一味かもしれない。

八郎兵衛は眉間にぐっと皺《しわ》を寄せた。

「藤七郎よ」

「へ」

「おぬし、上川兵馬という馬廻り役を知っておるか」

「知っているもなにも、御前試合をなさる剣術の達人《やっとう》でござんしょう」

「おう、そうだ」

市井《しせい》でも小太刀と槍の勝負は注目の的らしい。

「みんな上川さまのほうに金を賭けていますよ」

「賭けをやっておるのか」

「そりゃもう、御城のうえを大金が飛びまわっているってね、誰もが噂しておりますよ。へえ、胴元は『梅木屋《うめきや》』でござんす」

城普請も兼六園の造成も手掛けた黒鍬者《くろくわもの》の元締めだという。

一昨年の春、大火で城下町が焼きつくされた直後から、梅木屋はめきめき頭角をあらわした。

「焼け太りの恩恵をこうむった口でござんすよ」

「賭け金か」

金が絡《から》むとなれば、事情はいっそう込みいってくる。

「藤七郎、上川兵馬に妻はおるか。名は志乃、眉間に黒子のある」

「知っておりますとも。志乃ちゃんは観音菩薩《かんのんぼさつ》のような娘や」

藤七郎は深い仲でもないのに、親しげに志乃の名を呼んだ。

「城下でも指折りの小町娘でしてね」

城の奥勤めにどうかと、重臣から直々《じきじき》に声を掛けられたほどの縹緻良《きりょうよ》しであった。

それがどうしたわけか、うだつのあがらぬ貧乏侍に嫁いでしまった。

「はじめのうちは、そりゃ耳を疑いましたよ。でもね、上川兵馬という方はよくできたお侍でした。ほりゃもう、志乃ちゃんを可愛がった。金沢一、仲睦《なかむつ》まじい鴛鴦《おしどり》夫婦でしたよ」

藤七郎は一気に喋り、ぐすっと洟水《はなみず》を啜りあげた。

八郎兵衛はいぶかしむ。

「でしたとは、どういう意味だ」

「亡くなったんです、半年前に」

「誰が」

「志乃ちゃんですよ」

「なんだって」

「労咳《ろうがい》でね、上川さまはさぞかし悲しんだでしょうよ。そういや、蟬《せみ》の脱《ぬ》け殻みたいになっちまったって、そんな噂も聞きましたよ」

もはや八郎兵衛の耳に、藤七郎の喋りは聞こえていない。

入相の往還で声を掛けてきた女は、いったい誰なのだ。

ふと、何者かの眼差しを感じた。

目の縁を紅く塗った狐が、こちらをじっとみつめている。

「まさかな」

志乃の幽霊ではあるまい。

寒風に頰を嬲《なぶ》られるや、八郎兵衛の背筋に悪寒《おかん》が走りぬけた。

六

御前試合は、明日に迫っていた。

神々が出雲《いずも》に集まる神無月《かんなづき》には、これといった祭事もない。

市井のひとびとは、御前試合の成りゆきに熱い眼差しを注いでいる。

無論、最大の注目は小太刀と槍の申しあいだ。

城下を散策していても、なんとなく落ちつかない空気が流れていた。

おせちのような茶汲み女までが、上川兵馬と粕谷五郎太の勝負を気に掛けている。

町人の大半は判官贔屓《はんがんびいき》で、軽輩の上川を応援していた。半年前に妻を亡くした悲劇も人気に拍車を掛けているようだ。町人ばかりではない。大勢の藩士たちも身分の上下を問わず、この一戦を賭事の対象にしていた。

もっとも、前例のない高まりをみせる浮かれさわぎの様子は、藩主斉泰のもとへは告げられていない。舞台となる二の丸御殿の大広間では、掛かりの者たちの手で粛々《しゅくしゅく》と準備がすすめられていった。

昨晩、八郎兵衛は「ゴリ」という魚を食った。

藤七郎からせしめた金で料亭へあがり、おせちともども豪勢な料理に舌鼓《したつづみ》を打ったのだ。「ゴリ」とは鯊《はぜ》や鰍《かじか》のこと。洗いに唐揚げ、佃煮《つくだに》に味噌汁と、調理方法はさまざまで、ことに鰍は「マゴリ」と呼びわけられ、ほかの土地では食すことのできない珍味であった。

鰍は痩せて鱗《うろこ》がなく、清流を好む。

贅沢《ぜいたく》な魚で、浅野川の清流にしか棲《す》まない。

どことなく、上川兵馬のすがたとかさなった。

「逢ってみるか」

八郎兵衛は逡巡《しゅんじゅん》のすえ、上川を訪ねてみることにきめた。

すべての経緯《いきさつ》を打ちあけ、赦しを請いたかった。

かなうことならば、助太刀《すけだち》を願いでたいとまで、おもいつめている。

「やはり、尋常な勝負をさせてやるべきだった」

後悔の念に胸を締めつけられつつ、重い足取りで歩いていると、百万石の繁栄ぶりを肌で感じることができた。

大路に溢れる活気は、歴代の徳政によってもたらされたものだ。

金沢藩には、加賀象嵌《ぞうがん》、漆器、友禅染め、金箔工芸品等々を生産する御細工所《おさいくしょ》がある。天下の書府と称される尊経閣文庫《そんけいかく》があり、寛政期《かんせい》には藩校（文の明倫堂《めいりんどう》、武の経武館《けいぶかん》）も創設された。謡《うたい》や茶を嗜《たしな》む趣味人も多い。工芸の宝庫であり、文化の花開いた街なのだ。

道行く侍や町人、そして女たちは、誰もが垢抜けてみえた。

それでいて、情に濃い。たとえば、祭礼などで余った膳《ぜん》をもたせるお福分け、いわゆる「お裾分け」の風習なども金沢で生まれた。

八郎兵衛は大路の喧噪を逃れ、閑寂とした屋敷町へ踏みこんだ。

「長町か」

江戸赤坂の番町ほどではないが、ちょっとした迷路である。

小路に沿って門を構えた武家屋敷には、四百石以上の藩士たちが多く住む。これを囲むように軽輩の組屋敷が建ちならび、細長い用水路が双方の領域を厳然と区切っていた。

ひとづてに聞いた上川の在所は、件《くだん》の稲荷社にごく近いところだった。

庭付きの一軒家だが、賤ヶ屋《しずがや》の風情《ふぜい》である。

栄華を誇る加賀藩にあっても、軽輩の暮らしぶりは慎《つつ》ましい。

しかも、上川は愛妻を亡くした身の上、家屋は朽ちはてるにまかせていた。

かたむきかけた門を抜け、秋草の繁るなかを進む。

八郎兵衛の足は、枷《かせ》を填《は》めたように重い。

「やめておくか」

考えたすえに、踵を返しかけた。

すると、背後に人の気配が立った。

「なにか、ご用ですか」

右腕を布で吊った上川兵馬が、悄然《しようぜん》とたたずんでいる。

顎にまぶされた無精髭のせいか、瓜実顔が精悍《せいかん》にみえた。

こちらの正体には気づいていないようだ。

八郎兵衛は、こほんと空咳《からぜき》を放った。

「拙者は諸国漫遊の浪人、伊坂八郎兵衛でござる」

「漫遊のご浪人。で、なにか」

「折りいって、おはなし申しあげたいことが」

「そうですか。ま、おはいりください」

「では」

八郎兵衛は大小を鞘ごと抜き、敵意の無いところをみせた。

草履《ぞうり》を脱いで板間にあがり、畳のささくれだった部屋へ通される。

寝所や居間も兼ねた仏間のようだ。

仏壇に手向けられた線香が、ひと筋の煙を立ちのぼらせている。

「妻に死なれまして」

上川は素《そ》っ気《け》なくこぼし、茶をはこんできた。

「かたじけない」

八郎兵衛は渋茶を啜り、上川の顔をちらりとみる。

頬に生気はなく、落ちくぼんだ眸子《まなこ》は淀《よど》んでいた。

気に掛かるのは、正座した左脇に一本の薪《まき》を置いたことだ。

薪は長さ一尺二寸、手頃な太さに削られ、黒い光沢を放っている。

刀の代わりだなと、すぐにわかった。

招かれざる客ということか。

上川が小太刀の達人と知る者ならば、迂闊《うかつ》に手出しはできまい。

だが、今の上川は牙《きば》を抜かれている。

右手を使うことができないのだ。

「それで、おはなしとは」

水を向けられ、八郎兵衛は居ずまいを正した。

「じつを申せば、その右腕、捻じまげたのは拙者だ」

「なるほど」

事実を告げても、上川は眉ひとつ動かさない。

意外な展開だが、八郎兵衛はほっと肩の力を抜いた。

刹那《せつな》、上川が片膝立ちとなり、流れるように身を寄せてくる。

薪が唸りをあげ、横殴りに襲いかかってきた。

「うぬっ」

頬骨を砕かれるとおもい、咄嗟《とつさ》に歯を食いしばる。

が、右頬に触れる寸前で、薪はぴたりと止まった。

見事な寸止めだ。

八郎兵衛は唾を呑みこみ、鼻先に迫った瓜実顔を睨みつけた。

「おぬし、利き手は左か」

「いかにも」

上川はすっと身を退《ひ》き、何事もなかったかのように薪を置く。

胸にわだかまっていた妙な感じが氷解していった。

志乃と称する女に「利き腕を折ってほしい」とは言われたものの、左腕とまでは告げられていない。

上川は襲われる直前、左手で提灯を掲げてみせた。

それに気づかぬとは、まだまだ修行が足りぬ。

八郎兵衛は苦笑した。

「なぜ、やらぬ」

「経緯《いきさつ》を聞いてからでも遅くはありません。それに」

「それに」

「あなたは、怪我をしておられるようだ」

微妙な息遣いだけで察するとは、想像以上の遣い手にちがいない。

盤石《ばんじゃく》な自信をみせつけられ、少しばかり腹が立ってくる。

乾いた唇《くち》もとを茶で湿らせ、八郎兵衛は経緯を語った。

上川は終始無言のまま耳をかたむけ、最後に冷めた茶をずずっと啜る。

「このとおりだ。お許しくだされ」

八郎兵衛は両肘を張り、深々と頭をさげた。

「終わったことは仕方ありませんよ」

上川は抑揚もなく、さらりといってのける。

なんと物わかりのよい男なのか。

だが、八郎兵衛にはどうしても尋ねておきたいことがあった。

「拙者が遭遇したのは、志乃どのの幽霊であろうか」

「たしかに、御前試合がきまってからこの方、毎夜、志乃は夢枕に立ちます」

「まことか」

「まことでござる」

上川は初めて、嬉しそうに微笑《ほほえ》んだ。

「夢のなかで志乃に逢うのを心待ちにしております。なれど、御前試合が終われば、彼岸《ひがん》の向こうへ消えてしまうにちがいない。あとひと晩。今宵《こよい》が最後になるかもしれぬ」

それをおもうと寂しくてたまらない。といった風情で、上川は溜息を吐く。

「ただ、伊坂どのに声を掛けたのは、志乃ではありませぬな」

「え」

「志乃ならば、さような小賢《こざか》しい真似はいたしませぬ。武士らしく正々堂々と戦ってほしい。心の底からそう願い、無言でおくりだしてくれるはず」

「武士らしくか。されど、眉間に白毫のごとき黒子があったぞ」

「墨でちょんと点ずれば、黒子などはつくれましょう」

「ふむ、それもそうか」

「粕谷五郎太どのの奥方かもしれませぬ。名はたしか、勝代《かつよ》どのと申されたか。女だてらに武芸を好み、小笠原《おがさわら》流の騎射術を得手とするやに聞いております」

「騎射と申せば、弓か」

八郎兵衛は、青物市場で矢を射掛けた頭巾の人物をおもいだした。

「あれは」

「はい。貴殿が矢傷を受けたと聞き、わたしもおなじことを考えました」

「許せぬ。卑劣なおなごだ」

「さように申されますな。夫を勝たせたい一心でやったことにござる」

上川の寛大さが、八郎兵衛の怒りを鎮めてくれる。

「こたびの一件、首謀者は勝代なる妻女であろうか」

「おそらく、ちがいましょう」

「え、ちがうのか」

「勝代どのは作事奉行であられる大槻玄蕃《おおつきげんば》さまのご息女、粕谷家へ嫁がれたのは半年前のことでござる。志乃の葬儀があった日に祝言がとりおこなわれたので、よくおぼえております」

「作事奉行の娘のう」

葬儀と祝言がかさなるとはよほど因縁《いんねん》めいていると、八郎兵衛はおもった。

上川は淡々とした姿勢をくずさず、平板な調子で喋りつづける。

「大槻さまがこたびの御前試合を画策なされた張本人であろうと、わたしは睨んでおります。姻戚《いんせき》となった人持組組頭の粕谷主水丞さまにお声を掛け、ひと儲けしようと企《たくら》んでおられるのでしょう」

「やはり、儲けばなしか」

上川によれば、作事奉行の大槻には不正入札の疑惑があった。城普請などの際、定まった相手に手厚い便宜をはかったというのだ。

「その相手とは、梅木屋と申す黒鍬者の元締めにござる」

藤七郎の口からも告げられた名だ。

「梅木屋のことなら聞いておる。不埒《ふらち》にも神聖な御前試合を賭事の対象に変えた胴元であろう」

「加賀の恥にござるよ」

大槻玄蕃は粕谷主水丞と謀《はか》り、梅木屋を使って大儲けを企んでいる。

たったひとつの申しあいで数千両の大金が動くと聞き、八郎兵衛は耳を疑った。

ただし、悪事の確証はない。あったとしても、上川にはこれこれしかじかと訴える気はないらしい。

「子息の五郎太どのは与《あずか》り知らぬことだと、わたしはみております。あの方は暴れ者だが、理不尽な行為はお好きでない。尋常な勝負であればこそ、わたしとの勝負をのぞんだのでござろう」

「なれば、粕谷五郎太の父と義父、嫁の企んだ策謀と仰《おっしゃ》るのか」

妻である勝代の心情は推量できないとしても、親たちの狙いはあきらかだった。

浅薄な威信を保つことと、あぶく銭を手にすることの一挙両得を狙ったのだ。

「わたしが負かされる前提でなければ、成立しないはなしでござる」

「それで、利き腕を折らせようとしたわけだな」

「おそらくは」

上川が怪我を隠して試合に臨むところまで、敵はしたたかに予測していた。

事実、賭け金の大半は上川の勝ち予想に流れている。

上川が粕谷に負かされれば、胴元のひとり勝ちは火をみるよりもあきらかだ。

上川は、ぽつりとこぼす。

「笠市の七つ屋というのは、志乃の実家でござります」

「そうだったのか」

「あの晩は志乃の命日でござった」

命日には身に寸鉄を帯びず、実家へ挨拶《あいさつ》に伺うことにきめているのだという。

「敵はそれと知って……くそ、まわりくどいことをしやがって」

「気づかれませんでしたか。木太刀を隠しもっていたのでござるよ。横目の連中なら容易に撃退できたが、あなたは手強《てごわ》かった」

「なあに、闇のおかげさ」

八郎兵衛は、満更でもない様子で鼻を啜る。

「ところが、あなたが捻じまげたのは右肘だった。それが不幸中の幸い。わたしにはまだ運《ツキ》がある」

「左手一本で挑むのか」

「そうなりましょう」

達観したように、上川は言いはなつ。

「勝つ自信は」

「ござる。勝ってみせますよ。あの世で志乃の喜ぶ顔がみたい」

「おいおい、死ぬ気かよ」

「死に場所をさがしております。妻を亡くしたときから、ずっと。どうせ死ぬなら、最後にひと花咲かせたい」

「ひと花か」

「それが武士というものではありませんか。ふっ、ははは」

朗らかに笑う上川の顔は、泣いているようにもみえた。

もはや、八郎兵衛に止める気はない。

ただ、この目で明日の御前試合をどうしてもみてみたかった。

「伊坂どの、あなたは正直な方だ」

こちらの気持ちを察したかのように、上川は皓《しろ》い歯をみせる。

「いかがでござろう。これもなにかの縁、明日、わたしの後見人として登城なされませぬか」

「え、そんなことが赦されるのか」

「多少は無理な要望でも、目付に呑んでもらいます。わたしが断れば、試合は流れてしまう。試合が流れれば、恥を掻《か》かねばならぬ方々は大勢おられます」

「ありがたい」

「されど、裃《かみしも》が必要でござる。よろしい。わたしのを貸しましょう。はいればのはなしでござるが」

「よいよい、窮屈でもよい」

八郎兵衛は膝を乗りだし、咳きこむように応じてみせた。

七

神無月玄猪の祝日。

蓮池濠の水面《みなも》は赤や黄に彩られた樹木を映し、聳えたつ城郭の壮麗さをいっそう際立たせている。

「美しい」

八郎兵衛は頑強にして流麗な石垣を眺め、鉄炮狭間《てっぽうざま》の隠された海鼠《なまこ》壁や唐破風《からはふ》出格子《でごうし》の石落としを遠望しては感嘆の溜息を洩らした。

石川門を潜《くぐ》りぬければ御殿の甍は赫奕《かくえき》と輝き、堅牢な三層櫓《やぐら》の睥睨《へいげい》するさまに居すくんでしまう。なかでも、二の丸菱《ひし》櫓から俯瞰《ふかん》する眺めは見事のひとことに尽きるであろう。

幾重にも折りかさなる切妻屋根、縦横に延びる回廊の数々、甍の波と白砂の庭園。菱櫓から西へは五十間櫓が延び、行きつくさきには厳然と橋爪門続《はしづめもんつづき》櫓が控えている。菱櫓は外観のみならず、柱一本までが菱形をしているというから、尋常なこだわりようではない。

無論、要塞《ようさい》としての備えも怠りはなかった。

櫓の屋根には鉛瓦が敷きつめられ、いざとなれば鉛弾に転用できる。あるいは、御殿廊下の随所には箭《せん》天井が設けられ、数多《あまた》の武器が隠されているとも聞く。

「さすがは、武門の血筋を尊ぶ加賀前田」

歴代の藩主は「常の備えを怠ってはならぬ」という先君の教えをよく守り、尚武の精神を奨励した。したがって、本日の御前試合も余興のおもむきとはほど遠く、演じる者も観る者も表情は真剣そのものである。

――どん、どん、どん。

蒼穹に殷々《いんいん》と轟《とどろ》きわたるのは、御前試合の開始を告げる一番太鼓の音色にほかならない。

玄猪の炬燵《こたつ》開きに催された加賀藩武芸上覧は、記録によれば「辰《たつ》ノ刻《こく》（午前八時）をもって深甚《しんじん》流の型よりはじまりける。御八家御重臣の御歴々《おれきれき》、奥詰め衆、御奏者《そうしゃ》番ならびに布衣《ほい》以上の御役人等、見物勝手を赦されし数多の方々、こもごも二ノ丸御殿の大広間に寄りつどい」とある。

藩主斉泰は八歳になる嫡子慶寧《よしやす》を左隣に侍らせ、磨きこまれた広縁でおこなわれる演武を食いいるようにみつめていた。

「ほほう、あれが百万石の殿様か」

八郎兵衛は末席にどっかり座り、首を亀のように伸ばした。

広縁に向かって右方には加賀八家ならびに重臣、襖《ふすま》を挟んで左隣の書院には側衆《そばしゅう》をはじめとする奥詰めの面々が所狭しと座り、息苦しいほどだ。

ざっと見渡してみても、月代を伸ばした侍は八郎兵衛しかいない。

それでも無精髭は剃ったので、いくらかましな見栄《みば》えではあった。

上川に借りた朽葉色の裃は窮屈すぎ、気を抜けば破れかねない。

周囲からは厳しい眼差しを注がれていた。無理もない。加賀百万石を仕切る宗家の御前に、素姓の怪しい者が紛れこんでいるのだ。上川は「後見人は高名な兵法者でござる」と目付に紹介してくれたが、小姓《こしょう》たちなどは落ちつかぬ様子で目を光らせていた。襖の向こうは武者隠しになっており、妙な素振りをみせればただちに腕自慢の藩士たちが飛びだしてきそうな気配もある。

ともあれ、藩士たちのなかに座らされているのは苦行以外のなにものでもなく、しきりに汗を拭《ふ》く自分が惨めでたまらなかった。

すべては、おおとりに控える上川の雄姿を目にするためだ。

八郎兵衛が苦行に耐えつづけるなか、深甚流、八島一刀流、義経神明流、真法一伝流等々、二十番を超える剣術の流派がつぎつぎに披露されていった。

「詮方あるまい」

呼びだしの目付が姓名と流派を告げると、向かって左方の出口から白鉢巻きの武芸者たちが裸足《はだし》で登場し、終われば右方の引口へ退いてゆく。演武はすべて型のみで、打ちあいはない。しかも、大声で気合いを発してはならず、静寂のなかで粛々とすすめられていった。

剣術のつぎは槍術、さらに柔術や薙刀術《なぎなた》なども数流派ずつ披露され、中途で休憩を挟みながら上覧は夕刻まで延々とつづいた。

じつに退屈な見世物でしかない。

八郎兵衛は欠伸《あくび》を嚙み殺し、並みいる藩士たちを眺めまわす。

このなかで、人を斬ったことのある者はひとりもおるまい。

泰平の安逸を貪《むさぼ》っているからこそ、烈《はげ》しい打ちあいはなくともそれなりに楽しんだり、感心もできるのだ。

——ぶっ。

八郎兵衛は臭い屁《へ》を放《ひ》って叱《しか》られた。

藩士たちは飯も食わず、飲み物もろくに吞まず、じっと正座しつづけている。

「城勤めの役人とは、哀れな生き物だな」

それでも演武に列席できるのは、ほんの一部の者たちだけだ。

殿様の御前に侍ることは、禄《ろく》を食《は》む者にとってこのうえない名誉なのである。

そして誰もが、演武のすべてが前座にすぎないことを心得ている。

上川兵馬と粕谷五郎太の申しあい。

本日唯一の真剣勝負を瞼《まぶた》の裏に焼きつけるべく、心の準備をしているのだ。

「はて、どうなることか」

朝方、ちらりとではあったが、粕谷五郎太を目にした。

聞きしにまさる巨体と剛毅な面付《つらつ》きだった。

刃引きされた鎌槍を無心に振りまわす様子を眺め、この男は事情を知らぬと八郎兵衛は即座に見抜いた。

晴れて檜舞台に立ち、上川と対戦できることを純粋に喜んでいる。

おのれの力量にたいする過剰なまでの慢心から、挑戦状を叩きつけたにすぎない。

おそらく、粕谷は上川の負傷も承知していない。父たちの描いた悪事の内幕を知れば、怒り心頭に発するであろう。妻のおこなった行為を詰《なじ》り、槍を手にすることもなかったにちがいない。

佐分利流の鎌槍は定寸《じょうすん》で九尺、両鎬《しのぎ》造りの穂先は二尺一寸におよぶ。対手《あいて》の得物を搦めとるために、穂先の先端から二尺五寸のところに鉤《かぎ》が付けられていた。

そもそも、冨田流の槍術に独自の工夫をくわえたのが佐分利流である。

おなじ幹から枝分かれした流派と考えてよい。

――槍は突くものにあらず、斬るものなり。

妙旨にもあるとおり、長い刃で薙ぎはらうのが佐分利流の神髄であった。

大身槍をもって斬り、払い、薙ぐ。

突きも重要な一手となるが、突いたときは剔《えぐ》り斬るように引きぬかねばならぬ。

粕谷の槍さばきは並みではなかった。

「侮《あなど》るべからず」

と、八郎兵衛は胸に囁いていた。

一方、上川は九尺の槍にたいして、一尺五寸にも満たない枇杷《びわ》の木太刀で挑む。

刃長の差、刃引槍と木太刀の差、利き腕とはいえ左手一本しか使えない点、どれをとっても不利なことばかりだ。

それでも、上川に臆する様子はなかった。

敢《あ》えて、おのれに過酷な試練を課しているようにすら感じられてならない。

かつて、流祖の冨田勢源《せいげん》は失明寸前で勝負にのぞみ、三尺五寸の堅木を手にした相手を一尺二寸の薪で打ちのめしたという。「眠り猫」と綽名《あだな》された流祖の逸話をも、上川兵馬は超えるつもりなのだろうか。

「観ずには死ねぬ」

想像しただけでも、八郎兵衛は興奮を抑えきれない。

勝負の瞬間は、刻々と近づいていた。

八

——どどん、どん。
広縁に夕陽が長く伸びたころ、勝負の開始を告げる大太鼓が打ち鳴らされた。
「いざ、おのおのがた、本日最後の御披露目《おひろめ》にござる」
仰々しい目付の合図が、大広間に響きわたる。
藩主斉泰を筆頭に、列席する誰もが固唾《かたず》を呑んだ。
なかでも、重臣席に座る粕谷主水丞と大槻玄蕃は平常心でいられない。
まんがいち粕谷五郎太が負ければ、槍で栄えた粕谷家の面目は丸潰れとなる。
それればかりか、梅木屋に命じて掻きあつめさせた賭け金も泡と消えてしまうのだ。
八郎兵衛は、そんなふたりのことも忘れている。
「粕谷五郎太どの、上川兵馬どの、いざ、まいらせい」
呼びだしに応じ、まずは巨漢の粕谷が悠揚とあらわれた。
つづいて、細身の上川が俯《うつむ》き加減に登場する。

ふたりとも白装束に身を固め、白鉢巻きを締めていた。

得物は木太刀と刃引槍、どちらが有利かは火をみるよりもあきらかだが、異を唱える者はひとりもいない。事前に双方で納得すれば、それが約束事になる。文句を言う筋合いではない。

ふたりは上座の斉泰に一礼し、ゆっくり左右に分かれていった。

さらに、対面して軽く一礼し、くるっと背を向けて離れていく。

この一戦のみは、腹の底から気合いを発してもよい。

粕谷は引口の手前で踵を返し、右脇にたばさんだ槍を青眼に構えた。

「きえ……っ」

裂帛《れっぱく》の気合いを絞りだす。

上川は黙然と応じ、負傷した右腕をだらりとさげた。

「痛かろうな」

八郎兵衛は自責の念を禁じ得ない。

だが、上川の表情は微塵《みじん》も変わらなかった。

鞣《なめ》し革を巻きつけた左手で、枇杷の木太刀を相《あい》青眼に構える。

勝負は一瞬と、八郎兵衛は読んだ。

「すわっ」

踏みこみも鋭く、粕谷の槍が唸りをあげる。

「おっ」

満座の面々は身を乗りだし、勝負の行方に刮目《かつもく》した。

槍は旋風《せんぷう》となって上川の頭上を襲い、頭髪を逆立たせた。

低く沈みこんだ上川は、木太刀の先端をすっと突きあげる。

「勝負あり」

八郎兵衛は、胸に快哉《かいさい》を叫んだ。

粕谷の喉仏を狙った寸止めである。

双方の動きが止まり、広間の空気が凍りついた。

しかし、行司役の目付は見逃している。

対戦するふたりと八郎兵衛を除けば、誰ひとりとして気づいていない。

それほど、上川の動きは素早かった。

「ふおっ」

粕谷は槍の柄で木太刀を叩くや、ぱっと身をひるがえす。

「まだまだ」

やる気なのだ。

額に膏汗《あぶらあせ》を滲ませ、あきらかに目つきが変わっている。


「おのれ」

丹唇《くちびる》は怒りに震えていた。

みずからの不甲斐《ふがい》なさに怒り、左手一本で対峙《たいじ》する上川にも憤慨しているのだ。

──なぜ、右手を用いぬ。

粕谷は目顔で必死に訴えていた。

莫迦にされたと勘違いし、五体に殺気を漲《みなぎ》らせている。

見物人たちは、誰の目にもはっきりとわかる結末を期待していた。

温厚そうにみえる斉泰でさえも例外ではない。

檜舞台が血で穢《けが》れようとも、どちらかが瀕死《ひんし》の重傷を負おうとも、いっこうに構わなかった。何があろうと、咎《とが》めだてするつもりはない。

尋常な勝負と銘打たれている以上、上川は寸止めなどという甘い考えを捨てねばならなかった。

「まいる」

粕谷が憤然と床を蹴りあげ、鬼の形相《ぎょうそう》で迫る。

「とあっ」

突いた。

躱されたとみるや、横薙ぎに振りまわす。

さらに、柄のほうで打擲をこころみ、頭上で旋回させて突きに転じる。

苛烈な技が繰りだされるたびに、上川は際どく躱しつづけた。

木太刀と槍の柄が三合《ごう》、四合とぶつかりあい、大広間全体がふたりの気《き》魄《はく》で潰されそうになる。

「ねやっ」

粕谷は槍を昂然と旋回させ、相手の眉間に石突きを叩きこんだ。

これを鬢一寸で躱しきるや、上川はふわっと宙へ舞う。

「つおっ」

短い気合いを発し、木太刀を上段から振りおろした。

捷《はや》い。

八郎兵衛は、太刀筋を目に焼きつけた。

「ぬわっ」

ぶっと、血が噴いた。

粕谷五郎太が眉間を割られたのだ。
面《おもて》に鮮血を滴《したた》らせ、なおも打ちこみをこころみる。
上川は苦もなく躱し、木刀で粕谷の両肘を払った。
九尺の鎌槍が床に転がる。
粕谷は朦朧《もうろう》となりながらも腰を屈め、槍を拾おうとした。
その槍を、上川はがっと踏みつける。
と同時に、粕谷の首筋を打った。
「うっ」
巨漢は白目を剝き、床に俯してしまう。
日差しは翳り、大広間は静寂に支配された。
「……しょ、勝負あり」
われにかえった目付が、声をひっくりかえす。
昏倒した粕谷は戸板に載せられ、引口の奥へはこびさられた。
八郎兵衛はすっと立ちあがり、上川に賞賛の拍手をおくった。
まばらな拍手は漣《さざなみ》となり、やがて、大波となって膨れあがる。
斉泰は感激の涙を隠そうともせず、しきりにうなずいている。

歓喜の余韻も醒めやらぬなか、重臣席の粕谷主水丞だけはこめかみをひくつかせ、屈辱に耐えかねていた。

大槻玄蕃の浅知恵、恵比須講《えびすこう》の儲けばなしに乗ったがために、満座で恥を掻かされたのだ。

腹の底から悔やんでも、いまさら遅い。

「ふはは、愉快愉快」

八郎兵衛は人知れず、大広間から立ちさった。

曲がりくねった回廊を渡り、背中の破けた裃を脱ぎすてる。

まるで、おのれ自身が勝者であるかのように、意気揚々と搦手へ向かった。

九

小春日和《びより》の冬空に、鶸《ひわ》の群れが飛びさっていく。

紅葉《もみじ》狩りには、うってつけの陽気だった。

御前試合の翌日、八郎兵衛は上川兵馬に誘われ、浅野川の土手を散策した。

「恩賞を貰いましたよ」

上川は気恥ずかしげに微笑む。

「伊坂どの、あなたのおかげでござる」

「わしは、なにもやっておらぬぞ」

「腕を捻じまげてくれた。左手一本だから戦えたようなものでござるよ。粕谷五郎太の槍さばきは想像以上に鋭かった。両腕を使えば慢心が生まれ、負けていたやもしれませぬ」

「なるほど」

上川の気遣いに、八郎兵衛は感謝した。

「志乃にもよい報告ができます」

上川の顔は、今日の空とおなじに晴れやかだ。

——死ぬのを止《や》めろ。

という台詞を、八郎兵衛は呑みこんだ。

「伊坂どの」

「なんだ」

「あなたを後見人に選んだ理由、おわかりでござろう」

「いいや」

「斬ってほしいとおもったのでござるよ」

「ふん、莫迦らしい。戯《ざ》れ言を抜かすな」

なんとなく、感じていたことではあった。

「されど、あきらめました」

上川は正面を向いたまま、悪戯《いたずら》っぽく笑う。

「こちらが本気で掛からねば、あなたは刃を抜かない。失礼だが実力は五分と五分、おたがいに刃を抜けば、どちらが斃《たお》れるかわかりませぬ。わたしは、あなたを斬りたくない。それに、わたしが斬られたら、あなたは藩のお尋ね者にされてしまいます。ふふ、あの世で恨まれたくはありませんからね」

「そいつは助かったな」

八郎兵衛は心底から安堵し、ほっと溜息を吐いた。

「ところで、伊坂どの。これからどうなされる」

「早々に去るつもりだ。おなじところに長居すると、ろくなことはない。風のむくまま、気のむくままさ」

「ははは、羨《うらや》ましい。わたしも諸国漫遊の旅に出ようかな」

「おう、そうなされ。退屈な城勤めなんぞやめちまえばいい。漫遊ではなく、遍路の旅でもよいではないか」

「なるほど、志乃も喜ぶかもしれませんな」

「喜ぶさ。うん、きっと喜ぶにきまっている」

上川は、ふっと足を止めた。

「どうした」

「鼻緒が切れました。どうぞ、おさきへ。すぐに追いつきますから」

「ふむ」

土手の端に、毛氈苔の群落が赤々と燃えあがっている。

突如、馬蹄《ばてい》が聞こえた。

背後へ、ずんずん迫ってくる。

振りかえれば、土煙が濛々《もうもう》と巻きあがっていた。

馬上には白装束の女がいる。

手綱《たづな》も握らずに黒髪を振りみだし、矢を番《つが》えていた。

「あれは……」

粕谷五郎太の妻女、勝代にまちがいない。

「……上川どの」

八郎兵衛は顎を突きだし、脱兎《だつと》のごとく駈けだした。

上川は両手を大きくひろげ、猛然と迫りくる人馬に対峙する。

「やめろ、死ぬな」

八郎兵衛が叫んでも、上川は微動だにしない。

馬上の勝代は日輪巻きの弓幹を握り、肘を張って弦を引きしぼった。

流鏑馬《やぶさめ》の要領だ。

「お覚悟」

疳高《かんだか》い声とともに、びゅんと矢が放たれた。

矢は線となり、つぎの瞬間、上川の左胸に突きたつ。

馬は凄まじい土塊《つちくれ》とともに、脇を駈けぬけていった。

「うおおお」

八郎兵衛の喚きは馬蹄に掻きけされる。

「……か、上川どの」

鏃の先端は心ノ臓を貫き、背中の皮を突きやぶっていた。

上川は身を捻り、一瞬だけ皓い歯をみせ、鮮血で染まった地べたに落ちていく。

「くそったれが」

八郎兵衛は踵を返し、遠ざかる馬の尻を追いかけた。

「殺ってやる」

裾を端折《はしよ》り、荒い息を吐きながら駈けに駈ける。

「待てい、待たぬか」

女は遠くで馬首を返し、こちらをきっと睨みつけた。

やはり、勝代なのだろう。

ただ、長町の稲荷社でことばを交わした女かどうかは判然としない。

八郎兵衛の頭は混乱しかけていた。

「もしや、あれは。勝代ではなかったのか」

女の面相が、まるでちがってみえた。

顔色は蒼白で眦《まなじり》は吊りあがり、血を滴らせた朱唇《くちびる》は耳まで裂けている。

死を覚悟した者の顔。

そんなふうにもみえた。

「のぞみどおり、地獄へおくってやる」

八郎兵衛は駈けながら、国広を抜きはなった。

そのとき。

――赦《ゆる》しておあげなされ。

知るはずもない女の声が、耳もとに囁きかけてきた。

「志乃どのか」

骨を抜かれたようになり、八郎兵衛は足を縺《もつ》れさせた。

能登《のと》の人買い

一

夢をみていた。
横殴りの風に揉《も》まれながら、八郎兵衛は悪夢と対峙《たいじ》している。
かじかんだ手で刀の柄《つか》を握り、必死に白刃を振りつづける。
凩《こがらし》が雪原を削りとり、雪煙を舞いたたせていた。
雪煙のなかに甲冑《かっちゅう》武者があらわれ、無言で襲いかかってくる。
「けえ……っ」
八郎兵衛は眸子《まなこ》を剝《む》き、物狂いの形相で国広を薙《な》いだ。
武者の首が宙へ飛び、どす黒い血が雪上に散る。

──ぐおん。

地鳴りのような咆哮《ほうこう》が轟《とどろ》いた。

「死者の木霊《こだま》」

背後に草摺《くさず》りの音が聞こえ、刃長四尺の戦場刀が振りおろされる。

「ぬわっ」

八郎兵衛は倒れながらも躱《かわ》し、起きあがって武者の腕を斬《き》りおとした。

くの字に曲がった右腕が、ぼそっと落ちてくる。

斬っても斬っても、甲冑武者はあらわれてきた。

しかも、顔がない。

面頬《めんぼお》の奥で、赤い双眸《そうぼう》だけを光らせている。

「落人《おちゅうど》どもめ」

八郎兵衛には、わかっていた。

これは現実《うつつ》ではない。

白昼夢というやつだ。

金沢から三里十八町、長居しつづけた津幡《つばた》宿を発《た》ち、砺波《となみ》山中は倶利伽羅《くりから》峠の頂上付近に差しかかったころ、猛吹雪《ふぶき》に見舞われた。

まちがいのもとは、冬の到来はまださきと甘く考えていたことだ。

「この時節の峠越えは危ねえぞ」

杣人《そまびと》に注意を促されても、振りきってさきを急いだ。

急ぐ旅でもないのに道を失い、こうして山中をさまよっている。

雪煙の向こうから襲ってくるのは、平家の落人たちの亡霊だった。

寿永《じゅえい》二年（一一八三）春、源平両軍は雌雄を決すべく倶利伽羅峠で激突した。平維盛《たいらのこれもり》（平清盛《きよもり》の孫）に率いられた精鋭は七万騎、迎えうつ木曾義仲《きそよしなか》の兵力は三万騎であった。

頂上を占位した義仲は、維盛軍が峠の隘路《あいろ》に差しかかるや、奇策に出た。暴れ牛五百頭の角に松明《たいまつ》を結びつけ、一斉に放ったのだ。この「火牛《かぎゅう》の計《けい》」は功を奏し、維盛の軍勢は奈落へ消えた。

落ちのびた兵はわずか二千余り。倶利伽羅峠の戦いから二カ月後、義仲は上洛を果たし、平家は失墜する。驕《おご》れる者は久しからず、盛者必衰の理《ことわり》を如実にしめす一戦だった。

峠の吹きだまりには、成仏できぬ強者《つわもの》どもの怨念《おんねん》がわだかまっている。

「くわあっ」

八郎兵衛は白刃を振るい、渦巻く怨念と戦っていた。
大量の返り血を浴び、血達磨《ちだるま》と化している。
傷も負っていた。肩口が強烈に痛む。
簑《みの》も袷《あわせ》も破れ、皮膚には歯形が残っていた。
人の歯形ではない。あきらかに、獣の牙《きば》で浅く剔《えぐ》られた痕跡《こんせき》だ。
「うわっ」
唐突に、目が醒《さ》めた。
白昼夢から醒めると、屍骸《しかばね》の累々としたなかに佇《たたず》んでいる。
襤褸屑《ぼろくず》のように死んでいるのは、山狗《おおかみ》どもであった。
八郎兵衛は、餓えた山狗の群れに襲われたのだ。
「くそっ」
落人の霊にも増して、始末に負えない相手だった。
刃には脂が巻き、もはや斬る道具ではなくなっている。
突きころすしかない。
だが、山狗の数は尋常ではなかった。
狡猾《こうかつ》にも涎《よだれ》を垂らし、こちらが疲れて身動きできなくなるのを待っている。

わずかでも隙《すき》をみせれば牙を剝き、躍りかかってくるにちがいない。
「どうする」
疲労困憊《こんぱい》になるまで戦いつづけ、屍肉《しにく》を啖《くら》わせてやるか。
それとも、ひとおもいに割腹し、臓物《ぞうもつ》をぶちまけてやるか。
「どっちも御免だな」
死を懼《おそ》れたことはないが、ぶざまな死に方だけはしたくない。
ふと、気づけば、細長い石塚を背にしていた。
——巴《ともえ》塚。
とある。
木曾義仲の愛妾《あいしょう》、巴御前のことだろう。
浅く積もった雪に埋もれ、頑《かたく》なに屹立《きつりつ》している。
巴塚のむこうは、奈落へ通じる崖《がけ》っぷちのようだ。
群れのなかから、一匹の山狗が悠然と近づいてくる。
群れを統率する頭目であろうか。
ほかの連中よりも抜きんでて体格が大きい。瞳は灰色で、感情の欠片《かけら》も読めない。
裂けた口から真紅の舌を靡《なび》かせ、隆々とした四肢を慎重にはこんでくる。

「おい」

八郎兵衛は呼びかけた。

「一対一の勝負じゃ。わしが負けたら肉をくれてやる、おぬしが負けたら逃してくれ」

山狗は跳躍した。

灰色の瞳が炎《ほむら》を放ち、昂然《こうぜん》と躍りかかってくる。

「とあっ」

体毛の薄い喉《のど》を狙い、中段から国広を突きあげた。

獲った。

切っ先で急所をとらえたと、確信した。

傷口から、どろっとした温かいものが流れだしてくる。

血だ。

ところが、山狗の頭目は反転しながら地に落ちるや、四肢を踏んばって起きあがってきた。

「こやつめ」

全身の体毛を逆立たせ、怒りの感情をあらわにしている。

八郎兵衛は両腕を十字に交差し、首を守るように身構えた。
はっとばかりに山狗は跳躍し、中空に流麗な弧を描いた。
やられたな。
初太刀《しょだち》で仕損じたときから、あきらめていたのだ。
鋭利な爪、狂暴な牙が鼻先へ迫ってくる。
——どおん。
重々しい銃声が、山肌を震撼《しんかん》させた。
鉛弾は空を裂き、山狗の脳天を撃ちぬく。
真っ赤な鮮血が、紐《ひも》のようにたなびいていた。
そのまま、八郎兵衛は山狗の巨体にのしかかられ、背中から巴塚に倒れこんだ。
「わっ」
ぐらりと、塚がかたむく。
八郎兵衛は仰《の》けぞり、半身を宙に浮かせた。
「うわあああ」
山狗の屍骸ともども、崖下へまっさかさまに落ちていく。
意識は急激に流れ、暗澹《あんたん》とした闇の静寂に吸いこまれていった。

二

百舌《もず》が鳴いている。

里か。

いや、ちがう。

炭焼小屋のようだ。

天窓からみえる碧空《あおぞら》に、炊煙が流れている。

「……い、痛っ」

八郎兵衛は褥《しとね》から起きかけ、激痛に顔をゆがめた。

「おや、気づきなさった」
十四、五の娘が顔を覗《のぞ》きこんでいる。
山育ちにしては色が白い。

ふっくらした肉置《ししお》きは大人びていた。

「そなた、名は」

「おひろ」

「ここは」

「猿ヶ馬場《さるがばんば》のそば。孫六《まごろく》の小屋」

「孫六とは、そなたの父か」

「たぶん」

「たぶんとは」

「おらも拾われた。だから、名はおひろ」

ずきっと、頭が痛んだ。

胸のあたりには晒布《さらし》がきつく巻かれている。

肋骨《あばら》が何本か折れていた。

「だいじょうぶけ」

「……あ、ああ」

「手も足もちゃんとあるよ」

「そうか」

「おめえさん、名は」

「ん」

おもいだせない。

なぜ、炭焼小屋で寝かされているのか。

そもそも、おのれが何者なのかも判然としない。

「ふふ、おらとおんなじだな、おめえさんも」

山狗の群れに襲われ、崖のてっぺんから落ちたのだと、おひろは笑う。

「ほら、あれ」

土間の端に、山狗の毛皮がぶらさがっていた。

「あいつに」

「そう」

喉笛を咬《か》みきられるところだったらしい。

「孫六が撃ったのさ。山神さんを仕留めたと言うて、喜んでおった」

「山神を仕留めて喜ぶのか」

「うん、孫六は怨《うら》んでおった。あいつに右脚を食いちぎられたから」

猟師の仲間内でも、孫六は疎遠にされている。山に生きる者ならば祟《たた》りを懼れ、山神を殺すようなことはしない。

ともあれ、孫六という隻脚《せっきゃく》の猟師に助けられ、九死に一生を得たことだけはわかった。

「腹が減ったな」

「そうだろうね。おめえさん、五日も寝ていたんだから」

「五日か」

季節は師走《しわす》にはいり、山は雪衣を纏《まと》いはじめている。

八郎兵衛は頰《ほお》に伸びた無精《ぶしょうひげ》髭を触った。

「くそ、おもいだせん」

記憶をとりもどそうとこころみたが、なにひとつ浮かんでこない。

「無理はせんほうがええよ」

おひろは匙《さじ》で粥《かゆ》を掬《すく》い、口にはこんでくれた。

孫六がもどってきたのは、日没も間近になってからのことだった。

おひろは近くの泉まで水汲《く》みに出掛け、八郎兵衛は褥に臥《ふ》してまどろんでいた。

荒々しい気配を感じ、無意識のうちに枕刀の位置を確かめた。

そのとき、八郎兵衛はおのれが侍であることを悟った。

「気分はどうじゃ」

土間から濁声《だみごえ》を投げかけられ、勢いよく撥《は》ねおきる。

「ほほう、すっかり治ったな」

孫六は右脚を引きずっているものの、義足を装着しているので不自由はなさそうだった。

「なんも憶《おぼ》えてねえのか」

「ああ」

「可哀相《かわいそう》にな。自分の素姓がわからねえってのは恐ろしいこった。ほんでも、おもいださねえほうがええってこともある。おひろのようにな」

孫六は山狗の毛皮を撫でながら、欠け茶碗《ぢやわん》に濁酒《どぶろく》を注《つ》いだ。

八郎兵衛の喉が鳴る。どうやら、いける口らしい。

「あんたも呑《の》むけ」

「呑みたいな」

「へへ、酒の味だけは忘れねえようだな」

孫六は板間にあがり、土器《かわらけ》に濁酒を注いでくれた。

「ほれ」

「すまぬ」

ゆっくり土器をかたむけると、冷えた液体が胃袋に浸《し》みこんでいった。

熱い。

快楽《けらく》の味がじわりと滲《にじ》みだしてくる。

「美味《うめ》えか」

「美味《うま》いな」

「なら、よかった」

孫六は熾火《おきび》を吹きつけ、囲炉裏《いろり》に薪《まき》をくべはじめた。

「おひろのはなしを聞かせてもらえぬか」

「詳しいことは知らねえ。ただ、想像はつく」

おひろを助けたのは、三年前のちょうど今ごろだった。八郎兵衛と山狗が落ちた谷底に、おひろも横たわっていたという。崖っぷちから足を滑らせたにしては、軽傷だった。孫六によれば、おひろは山狗に襲われたのではないらしい。

「人買いから逃れようとしたのさ」

「人買い」

「能登《のと》の人買いだあ」

輪島《わじま》のあたりで十を過ぎたばかりの娘を買いあつめ、金沢城下の色街へ売りこむ。女衒《ぜげん》のことだ。金沢で売れない娘は、高岡《たかおか》や富山まで売りにゆく。その際には、難所の倶利伽羅峠を越えねばならない。おひろも鬼のような人買いに尻を叩《たた》かれ、凩の吹きすさぶ峠道に重い足を引きずったのだろう。

「そんとき、わしゃ人買いの遺骸《いがい》もみつけた。内臓を食いちぎられておってのう。おひろも崖から飛びおりんかったら、山狗の餌食《えじき》になっておったわ」

孫六は薄く笑い、銃身の短い猟師筒を磨きだす。

なんとも悲惨なはなしだなと、八郎兵衛はおもった。

「どうするね、あんた」

怪我が治ったら、小屋から出ていかねばなるまい。

孫六は暗に促している。

もし、八郎兵衛が兇状《きようじよう》持ちの極悪人であれば、記憶がもどった途端、なにをされるかわかったものではないからだ。

「なぜ、わしを助けた」

「みておったからさ。あんたが山狗どもを斬りまくるところを」

「ほう、山狗どもをな」

「たぶん、あんたは名のある武芸者じゃろう」

「それで、生かしておく気になったのか」

「あんたなら、おひろを助けてくれるかもしんねえ」

「助けるだと。はなしがみえぬな」

「高岡の城下に行きゃわかる。木町《きまち》の河岸《かし》に木菟《みみずく》の岩蔵《いわぞう》って野郎が一家を構えてる。そいつが人買いの頭目だあ」

「頭目を斬れというのか」

「顔をみりゃ、斬りたくなるわさ」

「わからんな」

「なにが」

人買いを生業《なりわい》とする女衒には、たしかに悪党が多い。しかし、必要悪という面もあわせもつ。貧農は餓えをしのぐために娘を身売りする。鼻先に金を積む女衒の顔は、困窮を極めた百姓には仏の顔にみえるはずだ。

「とんでもねえ。岩蔵は閻魔《えんま》のような男さ」

これと狙った娘をみつけたら、百姓に売る気がなくとも攫《さら》ってくる卑劣漢らしい。

「外道《げどう》のなかの外道よ。そんな野郎は死んだほうがええ」

「妙にこだわるな」

鼻白《はなじろ》んだ調子で水を向けると、孫六は黙った。

何か因縁《いんねん》でもあるのではないかと、八郎兵衛は疑った。

「期待はずれのようじゃ。傷が癒《い》えたら出てってくれ」
孫六は痰《たん》を吐くように言い、濁酒を呷《あお》りつづけた。
日没となり、冷たい風が吹きはじめたころ、おひろがもどってきた。
雪割草を摘んできたと、嬉《うれ》しそうに言う。
里ではあまりみかけない花だ。
花弁は小さく、白い。
三葉の葉先が尖《とが》っているので、三角草《みすみそう》ともいう。
白い花を簪《かんざし》のように飾り、おひろは土間で兎《うさぎ》のように飛びはねている。
明るい娘だ。
持って生まれた性分なのだろう。
孫六にもよく懐《なつ》いており、ほんとうの親子にみえる。
不幸な娘をひとりでも減らすことができるなら、岩蔵という悪党を斬ってもよい。
ただ、八郎兵衛には人を斬る自信がなかった。
名のある武芸者だと告げられても、それは一介の猟師が抱《いだ》いた印象にすぎない。
「わしは強いのだろうか」
八郎兵衛は板間に置かれた差料《さしりょう》をみた。

鞘《さや》は黒漆塗りの柳生《やぎゅう》拵《ごしら》えだが、抜くことすら恐ろしい。

その夜、おひろは褥にもぐりこんできた。

寒いから抱いてほしいと拝む。

囲炉裏を挟んだ隣では、孫六が鼾《いびき》を掻いていた。

裸になったおひろを、自分も裸になって抱きしめてやった。

暖められたのは、むしろ八郎兵衛のほうであったかもしれない。

「木菟の……岩蔵か」

八郎兵衛は明朝、まだ暗いうちに小屋を出ようとおもった。

三

峠をくだって今石動《いまいするぎ》宿を越え、東へ四里もすすめば高岡の城下へたどりつく。

城下といっても城はない。一国一城令によって廃城とされて以来、物資の集積する商業地として栄えている。前田家二代目藩主利長《としなが》の隠棲地《いんせいち》にも選ばれ、壮麗な七堂伽《が》藍《らん》を有する瑞龍寺《ずいりゅうじ》などの名刹《めいさつ》も多い。

城下を睥睨《へいげい》する二上山《ふたがみやま》の北麓には、北陸随一の名刹として名高い国泰寺《こくたいじ》もある。国泰寺は見事な竹林でも知られている。

八郎兵衛は、夕暮れの道を小矢部川《おやべがわ》に沿って歩いていた。

往来には尺八を手にした虚無僧《こむそう》がめだつ。

どうせなら虚無僧の背につづいて僧門を敲《たた》き、出家してしまおうかとも考えた。

鬱々《うつうつ》と考えながら、木町の河岸までやってきた。

小矢部川は穀倉地帯の砺波平野をつらぬき、高岡を経由して富山湾へそそぐ。

万葉の時代より、越中一円の水運を支えてきたというから歴史は古い。

川沿いに居並ぶ土蔵は藩蔵で、近在の農家から運ばれた米が蓄えられている。

米は塩と交換する。川には大小の船が浮かび、沖荷役たちが忙《せわ》しなく荷を運びだしていた。とりわけ、巨大な北前船から降ろされた荷は、遥々《はるばる》蝦夷地《えぞち》から持ちこまれてきたものらしい。多くは魚肥である。

川をとりしきるのは木町の船方だった。

漆喰《しっくい》の白壁に囲まれた船方の蔵屋敷を横目に眺め、河岸の一隅へたどりつく。

孫六に教えられた岩蔵一家の建物は、船方たちに負けぬほどの立派な外観だった。

「ほう」

八郎兵衛は眸子をほそめ、閉ざされた表口を窺《うかが》った。

夕暮れの往還に行き交う町人の数は、さほど多くもない。

笈《おい》を背にした男がひとり、表口のまえを行きつ戻りつしている。

「なんのつもりだろう」

風体《ふうてい》から推すと、職人のようだ。

まだ若い。

二十五の手前か。

おどおどした様子で、しきりに通行人を気にしている。

通行人は怪訝《けげん》な顔をするだけで、声も掛けない。

稼ぎ先の斡旋《あっせん》を頼みにきたという程度にしか考えていないようだ。

岩蔵の本業は口入稼業であった。『千束屋《せんぞくや》』という屋号を掲げ、出稼人などに仕事を斡旋している。

もちろん、木菟の異名で呼ばれる裏の顔を知らぬ者はいない。

「あいつ、仕事をもらいにきたな」

と、八郎兵衛は合点《がてん》した。

若い男は意を決したように木戸を敲き、何事かを叫んだ。

乱暴に木戸がひらき、人相の芳しくない連中がぞろぞろあらわれる。

岩蔵の乾分《こぶん》たちだ。

髷《まげ》の刷毛先《はけさき》を散らしてうえにむけ、勇み肌を気取っている。

乾分のひとりが、いきなり、若い男の水月《みぞおち》を撲《なぐ》った。

「うっ」

男は腹を押さえて蹲《うずくま》りながらも、撲った相手の裾《すそ》に縋《すが》りつく。

すぐさま膝頭《ひざがしら》で顎《あご》を蹴《け》りあげられ、地べたにひっくりかえった。

「みていられんな」

八郎兵衛は袖《そで》を靡《なび》かせた。

若い男は五、六人に囲まれ、往来のまんなかで撲る蹴るの暴行を受けている。

通行人たちは難を避け、足早にとおりすぎていった。

岩蔵に逆らえば、どんな報復をされないともかぎらない。

誰もがみな、厄介事に関わりたくはないのだ。

情けない連中のなかには、侍もまじっている。

「嘆かわしい」

八郎兵衛は溜息《ためいき》を吐《つ》き、乾分たちの背後へ迫った。

「おまえら、そのへんにしておけ」

狂犬じみた男どもが、一斉に振りむく。

「なんか用か。お、さんぴん」

髷をひんまげた乾分のひとりが、血だらけの男をまたいでくる。

上背《うわぜい》のある八郎兵衛をみあげ、わずかにたじろいだものの、味方の数をたのみに吠《ほ》えあげた。

「人助けでもすっか。お、なんなら、おめえも袋にすっぞ」

「できるのか」

「けっ、偉そうに。腹あ空かした野良犬め」

六人の破落戸《ごろつき》どもが、八郎兵衛を囲みはじめる。

ひとりが九寸五分《くすんごぶ》を抜くや、つられたように全員が抜いた。

夕陽は翳《かげ》りだしている。

往来に男たちの影が伸び、冷たい風が流れた。

どうする。

逡巡《しゅんじゅん》した。

背後のひとりが音もなく、突きかかってくる。

抜いた。

振りむきざま、刃《やいば》を薙ぎあげた。

「ぬぎゃ……っ」

右腕が宙に飛び、旋回しながら落ちてくる。

斬られた男は肩口から血をほとばしらせ、地べたを転げまわった。

八郎兵衛には抜いた感覚もなければ、斬った感触もない。

知らぬうちに、居合を使っていた。

「うっ」

倶利伽羅峠の凄惨《せいさん》な情景が脳裏を過《よ》ぎる。

屍骸の累々とするなかで仁王立ちし、甲冑武者と斬りむすんでいるのだ。

「わしか……こ、これが」

面相は鬼だ。

斬殺者《ざんさつしゃ》の熱い血が五体に滾《たぎ》ってくる。

「散れ」

八郎兵衛が一喝するや、岩蔵の乾分たちは縮みあがった。

刃向かってくる者はいない。

右腕を無くした男を引きずり、建物のなかへ消えていく。

八郎兵衛は刀身に流れた血を振り、見事な手捌《てさば》きで鞘に納めた。

職人風の若い男は腰を抜かし、口をあんぐりと開けている。

「立て、行くぞ」

「は、はい」

八郎兵衛に促され、男はよろよろ立ちあがった。

「そいつを捨てろ」

「へ」

「手に持っておるやつだ」

若い男が後生大事に抱えていたのは、八郎兵衛の斬った右腕だった。

「ひえっ」

男は腕を抛《ほう》り、腰にしがみついてくる。

「阿呆《あほう》、放せ」

八郎兵衛は男の手を振りほどき、頰を二、三発、張ってやった。

男の名は、仙吉《せんきち》という。

輪島の塗師《ぬし》で、出稼ぎに来たのではないらしい。

「妹を捜しにきたのか」

「はい」

ふたりは連れだって、川面《かわも》のみえる居酒屋に身を落ちつけた。

もっぱら酒を呑むのは八郎兵衛のほうで、仙吉はずっとうつむいている。

おとせという名の妹が、三年前に忽然《こつぜん》と消えた。神隠しに遭ったものとあきらめていたものの、最近、金沢でみかけたという者があらわれた。詳しく訊《き》けば、失踪《しっそう》した時期とおなじころ、人買いとともに色街を渡りあるいていたという。

「それで、岩蔵のところへ」

「はい、おとせの行方をご存じかと」

「甘いな。まともにとりあうわけもない」

「おとっつぁんが労咳《ろうがい》で……もう、いけないんです。死ぬまえにひと目でいい。可愛がってた妹に逢わせてやりたくて」

「妹の齢はいくつだ」

「十四です。生きててくれれば」

八郎兵衛は、仙吉の顔を穴のあくほど覗きこんだ。

横から斜めから眺め、おひろの面影をさがしてみる。

似ているようでもあり、そうでないようにもおもわれた。

「いかがなされましたか」

「ん、いや、別に」

期待をさせてしまえば、落胆も大きくなる。

人買いに攫われた娘は、おひろだけではないのだ。

「御武家さまの御名をお聞かせねがえませんか」

「なんで」

「助けていただいた御礼に、輪島塗りの漆器を差しあげたいもので」

酒器に酒膳《ぜん》、椀《わん》に箸《はし》、硯箱《すずりばこ》から座敷机にいたるまで、黒漆塗りの他に金文様のほどこされた輪島塗りの漆器は、大名でも欲しがる高価な代物だ。塗師たちはみな、鑿《のみ》で削った文様に金箔《きんぱく》を埋めこむ「沈金《ちんきん》」の技術に長《た》けている。しかも、みずから全国津々浦々を行商して売りあるく。手間の掛かった貴重な品なので、使わずに家宝とする者さえあると聞いていた。

「奥方様がきっとお喜びになられます」

「そんなものはおらん」

「は、これは失礼いたしました」

「礼がしたいなら、飲み代でも払っとけ」

「それはもう、当然でございます」

仙吉はかしこまり、盃《さかずき》に口をつけた。

盃を置き、顎をぐっと迫《せ》りだしてくる。

「是非、御名をお聞かせください」

「そんなに知りたいか」

「はい」

「ならば、教えてやる。わしの名は権兵衛《ごんべえ》」

「権兵衛さま。あの、ご苗字のほうは」

「なな、しの」

「ならしの、でございますか」

「いや、ななしの」

「ななしの。おめずらしいご苗字で。どういう字を書くのでしょう」

「面倒くせえなあ。七に四に野っぱらの野だよ」

「七、四、野権兵衛さま。は、よくわかりました」

生真面目《きまじめ》だが、とぼけた男のようである。

仙吉は馴《な》れない手つきで銚子《ちょうし》をかたむけ、酌をしてくれた。

若いわりには、よくできた男だ。

ひとはだ脱いでやろうかと、八郎兵衛は微酔《ほろよ》い加減でおもった。

四

翌日、風花の舞うなか、八郎兵衛は仙吉をともなって『千束屋』を訪ねた。

岩蔵は留守で、応対にあらわれたのは、おりくという艶っぽい年増《としま》の女だ。

背後に控える乾分どもに「姐《あね》さん」と呼ばれており、黒髪を輪無し天神に結っている。

どうやら、帳場の一切を任されているらしい。

凜《りん》とした態度で啖呵《たんか》を切られると、八郎兵衛ですら気後れを感じるほどの女であった。

「おまえさん、可愛い乾分の腕を斬ってくれたそうじゃないか。詫《わ》びでもいれにきたのかい」

「詫び。とんでもない」

「だったら、なにしにきやがった」

「ちと、ものを尋ねたい。この男の妹が神隠しに遭ってな」

　隣の仙吉が脅えながら、ぺこりと頭《こうべ》を垂れる。

「ところがどっこい、金沢の色街で妹をみかけた者がおった。あんたらの仲間といっしょだったらしい」

「因縁でもつける気かい。あたしらの稼業はね、他人様《ひとさま》に働き口をみつけてやることさ。お上《かみ》の御墨付きもちゃんとある。どうせ、金が欲しいんだろう。正直に吐いたらどうなんだい」

「金か。金も欲しいがな、それより、おとせの居所が知りたいのだ」

「おとせ」

「妹の名だ」

「三年前のはなしなんぞ、おぼえていないよ」

　すかさず、八郎兵衛は嚙みついた。

「三年前とは言うておらぬぞ。おぬし、おとせを知っておるな」

　おりくは絶句したものの、すぐに冷静さをとりもどした。

「似たようなはなしを小耳に挟んだからさ。ま、親分に訊くしかないだろうね」

「岩蔵はどこにいる」

「能登さ。とうぶんは帰ってこないよ」

「百姓の娘を買いあさっておるのだな」

「余計なお世話だよ。親分は人助けをしているんだ。貧乏人に金を配って歩いてんのさ」

おりくは顔を紅潮させ、興奮気味にまくしたてた。

少しは良心の呵責《かしゃく》を感じているようだ。

「あたしだってね、人買いに買われた女さ。でも、こうしてちゃんと生きている。安い同情はいらないよ。あんたみたいな野良犬が首を突っこむはなしじゃない」

「ふっ、野良犬か」

「そうとしかみえないよ。わかったら、とっとと出ておいき。ほら、銭なら恵んでやるからさ」

おりくは袖口から一朱銀をとりだし、土間にばらまいてみせた。

「そいつを拾って町から出るんだね」

八郎兵衛は一朱銀を拾いあつめ、仁王立ちのおりくに差しだした。

「金をばらまいちゃいかんな。されど、せっかくだから貰《もら》っておこう。ひい、ふう、みい……ぜんぶで十三枚か、一両に欠けるな。どうせなら、小判一枚くれりゃいいものを」

八郎兵衛はにっと皓《しろ》い歯をみせ、一朱銀を懐中へ捻《ね》じこむ。

おりくは肩の力を抜き、げんなりした顔で溜息を吐いた。

「やれやれ、ちかごろの侍にゃ気骨《きこつ》ってものがないのかねえ」

「気骨か。ふっ、懐かしいことばだな」

八郎兵衛は板間に座り、草鞋《わらじ》を脱ぎはじめた。

「な、なにしてんだよ」

肩に置かれた白い手を引きよせ、落ちてきた豊満なからだを胸に抱く。

あっと声を発する暇もあたえず、八郎兵衛はおりくの口を吸った。

仙吉も乾分たちも呆気《あつけ》にとられている。

いちばん驚いたのは、おりくだろう。

強引に朱唇《くちびる》を奪われてしまったのだ。

一瞬、おりくは恍惚《こうこつ》となり、すぐさま、われにかえった。

「な……なにすんだよ、この唐変木《とうへんぼく》」

八郎兵衛にも、よくわからない。

そうしたいとおもうと同時に、からだが動いていた。

「放しやがれ、こんちくしょう。おい、おまえら、突ったってんじゃないよ……こ、こいつを、はやくなんとかしとくれ」

命じられても、乾分どもは動かない。

昨日の一件を知っているので、下手《へた》に動けないのだ。

八郎兵衛の太い腕のなかで、おりくはもがいた。

必死にもがいても、万力で挟まれたように抜けだせない。

はだけた着物の襟元《えりもと》から、ふっくらした胸もとがのぞいた。

仙吉は生唾を呑み、乾分たちは好色な眸子を光らせている。

「……や、やめて、なにすんだよ」

八郎兵衛は襟をこじあけ、こぼれた乳房を鷲摑《わしづか》みにした。

「うっ」

おりくはたまらず、喘《あえ》いでみせる。

抗《あらが》う気力も失《う》せてしまったようだ。

「……や、やめとくれ、あんた、岩蔵に殺されるよ」

喘ぎながら、おりくはきれぎれに洩《も》らす。

「岩蔵か」

八郎兵衛が力を抜いた隙に、おりくはするっと逃げた。

着物の乱れをなおし、何事もなかったかのように胸を張る。

乾分どもの頭をぱんぱんと叩き、予想外の指図を口にした。

「お客人にあがってもらいな」

「え、姐さん、よろしいんですかい。梅《うめ》の野郎は右腕を斬られたんですぜ」

「そこの職人さんを痛めつけたんだろう。自業自得さ」

「でも」

「つべこべ抜かすんじゃないよ。このお方はあたしが雇うんだ」

「雇うって、姐さん」

「用心棒だよ。先生ってお呼びしなきゃね」

「よ、用心棒」

乾分どもは大仰に驚いてみせる。

八郎兵衛は草鞋を脱ぎ、大きな足で床を踏みつけた。

「そうだ。先生、ご姓名を聞かせてくださいな」

「七四野権兵衛だ」

「ほほほ、おもしろいお方」

おりくは陽気に笑い、八郎兵衛の顔をするっと撫でた。

五

その夜、八郎兵衛はおりくを抱いた。

乾分どもにはいくら強がってみせても、一度燃えあがった炎を消すのはたやすいことではない。

「こんな気分、ひさしぶり」

おりくは解《ほつ》れ髪を搔きあげ、すっと横櫛《よこぐし》を挿《さ》した。

紅襦袢《べにじゆばん》のうえに、黒繻子《くろじゆす》の襟の掛かった滝縞《たきじま》の丹前を羽織っている。

箱火鉢の縁に手を置くと、おりくは鉄《かね》の火箸で灰に文字を書きはじめた。

艶っぽい女の仕種《しぐさ》を眺めつつ、八郎兵衛は丼飯をかっこんでいる。

「豪快に食いなさる。美味《おい》しいかい」

「絶品だな」

「いい、いしりで炊いたご飯だからね」

いしりとは、魚醬のことだ。冬の海で獲れた鯣烏賊《するめいか》の内臓を半年余りも塩で漬けこみ、滲み汁を煮沸させてつくる。飯を炊いたり、貝に塗って焼く。貝焼きは、輪島の名物でもある。いっしょに飯を食うと飯櫃《めしびつ》が空《から》になるので、輪島では貝焼き禁止令が発令されたこともあった。

「塗師はどうしたのさ」

「棒鼻《ぼうはな》の木《き》賃宿《ちんやど》に泊まるらしい」

「なんでまた、塗師なんかを助けるんだい。侍が町人に力を貸して、なんになるっていうのさ」

「ただの行きがかりだ」

「おとせと言ったねえ。塗師の妹は」

「齢は十四。生きておればな」

「生きてるよ」

火箸で文字を書きながら、おりくはぽつんと洩らす。

「やはり、知っておったのか」

「あの娘は金沢の色街に売られたのさ。気性の激しいところがあってね、廓《くるわ》抜けをやらかしたんだ。岩蔵はそりゃあもう怒り心頭さ」

娘が一人前になるまでは、売ったほうにも責任がある。みつけられないときは、忘《ぼう》八《はち》（楼主）に金を返さねばならない。廓からの信用も失う。

「岩蔵はね、蛇みたいに執念深い男さ。輪島の実家にまで張りこみ、加賀越中を隈無《くまな》くさがしまわったんだよ」

数カ月後、おとせはみつかった。

金沢近郊の一膳飯屋ではたらいていたところを、おりくがみつけたのだ。

「逃がしてやったのさ」

「ほう」

「情がわいてね。あたしにゃ買われた娘の気持ちがわかる。痛いほどわかる。それだけじゃない。おとせは岩蔵が攫《さら》った娘だ。売られた娘じゃなかった。廓抜けまでして逃げたいんなら、逃がしてやろうとおもってね」

おりくはおとせにむかって「最低でも三年は我慢するように」と、嚙んでふくめるように諭したらしい。

「他人に訊かれても名乗ってはいけない。今までの一切合切《いっさいがっさい》は忘れるようにって告げたんだよ」

「三年か」

八郎兵衛は喉の渇きをおぼえた。

「そうさ、三年だよ。山に隠れ、里におりてはいけないと、そう教えたのさ」

「山というのは、倶利伽羅峠のことではないのか」

おりくは口に手を当て、いぶかしげな眼差《まなざ》しを向けてくる。

「娘を預けたさきは、孫六のところか」

「あんた、知ってんだね」

「山狗に襲われ、わしは孫六に助けられた。小屋には、おひろという娘がおった」

「その娘がおとせだよ。孫六もね、人買いの成れのはてさ」

「ふうん、あの男がなあ」

「あたしを買った男だよ」

「ほう」

「驚いたかい」

「いささかな」

「孫六は岩蔵に怨みがある。山狗に右脚を喰《く》いちぎられたって聞いただろう」

「ああ」

「ちがうよ。些細《ささい》な喧嘩《けんか》がもとで岩蔵に斬られたのさ。腿《もも》からしたを、ばっさりね」

おりくによれば、岩蔵はかつて侍だったという。

「剣術の達人《やっとう》さ。立身流とかいう居合をつかう」

「なにっ、立身流だと」

ぴんとくるものがあった。

立身流の特徴である「向《むこう》」と「円《まるい》」の体捌《たいさば》き、流祖立身三京《さんきょう》の口伝《くでん》にある「深夜聞霜」の四文字も浮かんでくる。

――驚、懼、疑、惑、緩、怒、焦。

七つの煩悩《ぼんのう》を滅した空の心を、立身三京は「深夜聞霜」と表現した。

空の心は満月にも喩《たと》えられ、煩悩を滅しきれない心の状態は半月にも喩えられる。

――満月を撃突すべからず、半月を撃突すべし。

口伝にもあるとおり、敵が満月の状態ならば仕掛けず、半月の状態に誘いこんだうえで初太刀を仕掛けねばならない。

右の奥義ですらも、八郎兵衛は明確におもいだすことができた。

おりくは、火箸をずさっと灰に刺しこむ。

「あんた、伊坂八郎兵衛だろう」

「はあ」

「上がり框《かまち》で抱かれたとき、気づいたのさ。夏、越前鯖江《さばえ》の水落《みずおち》宿で、大きな喧嘩沙《ざ》

宿場を仕切る辰五郎《たつごろう》一家と吉蔵《よしぞう》一家が一乗谷《いちじょうだに》で激突したとき、ふたつの一家を同時に叩きつぶした素浪人がいた。

「たったひとりで百人斬りをやってのけ、宿場を救った凄腕《すごうで》の流れ者、それが伊坂八郎兵衛って名の浪人者さ。あたしらの稼業じゃ、けっこう有名な御仁《ごじん》でね。六尺を超える巨体に一本眉《まゆ》の強面《こわもて》、あんたのことなんだろう。どうして、名を隠すんだい」

「隠してはおらぬ。忘れちまったのさ」

八郎兵衛は、崖から落ちた経緯《いきさつ》を語った。

おりくは驚き、畳に膝を滑らせてくる。

「とんだ目に遭ったねえ。でもさ、ここに居りゃ安泰だよ」

「どういう意味だ」

「ずっと居なよ。あたしのことも好きにしていいからさ」

おりくは猫のように粘ついた舌で、八郎兵衛の首筋を嘗《な》めはじめた。

耳を軽く囓《かじ》り、熱い吐息を吹きかけてくる。

「あんたに、岩蔵を殺《や》ってほしいのさ」

どうせ、そんなことだろうとおもった。

る。

「いやとは言わせないよ」

こんどは脅しだ。いつのまに握ったのか、火箸の鋭利な先端を喉仏に突きつけてくる。

八郎兵衛がうなずいてみせると、おりくは火箸を畳に突きさした。

「恐《こわ》い女だな」

「脅す気はなかったんだ。さあ、抱いとくれな」

おりくは立ちあがり、おもわせぶりに帯を解きはじめる。

紅襦袢がするりと抜けおち、桜色に上気した裸体があらわれた。

八郎兵衛はおりくをみつめながら、おのれの名を反芻《はんすう》していた。

「……伊坂、八郎兵衛」

模糊《もこ》とした記憶の狭間《はざま》に、甲冑武者たちがあらわれる。

さまざまな記憶の断片が、走馬灯のように走りだす。

どれもこれも人を斬ったものばかりだ。

斬った男の顔が浮かんでは消え、そこらじゅうに鮮血が散っている。

「わしは、ただの外道なのか」

八郎兵衛は苦しげに呻《うめ》いた。

六

年末になると、江戸では浅草や深川に歳《とし》の市が立ち、門松や注連《しめ》飾《かざ》りといった正月の縁起物が商われる。

長屋のいたるところで餅《もち》つきの杵《きね》音が響きわたり、町娘たちは柳の枝に餅花を挿して供え物にする。白壁の土蔵が建ちならぶ日本橋の河岸では、酒や塩などの「下りもの」を満載にした荷船が横付けにされ、沖荷役たちは休む暇もない。

年の瀬を迎えた高岡の喧噪《けんそう》は、忙《せわ》しない江戸の情景とかさなった。

ましてや、日本屈指の城下町である金沢ともなれば、殷賑《いんしん》ぶりは江戸に匹敵するほどのものであろう。

八郎兵衛に金沢の記憶はない。

盛夏のころ、鯖江のあたりをさまよっていたのだとすれば、北国街道の加賀路を北へ向かい、金沢城下へ足を踏みいれたはずだ。

が、おもいだせない。

江戸の情景のみが甦《よみがえ》ってくる。

「わしは江戸を捨てたのだ」

と、察していた。

おりくの洩らしたとおり、おのれは百人斬りの伊坂八郎兵衛なのだろうか。

伊坂はなぜ、江戸を捨てたのだろう。

うらぶれた浪人暮らしに嫌気がさしたのか。

日常の縛《しば》りや町の喧噪や幸福そうな顔をした人々や、ありとあらゆるものから逃れたくなったのか。

それとも誰かを斬り、逐《お》われる身となったのか。

まったく、おもいだせない。

そもそも、伊坂八郎兵衛とは何者なのか。

『千束屋』に数日草鞋を脱いだのち、八郎兵衛は能登へ旅立った。

ひとつところにじっとしていると、記憶を失ったいらだちが募り、身悶《みもだ》えしたくなるほどの疼《うず》きをおぼえる。

耐えきれなかった。

酒を浴びるほど呑んでも、いらだちを消しさることはできない。

生きるためには、明確な目途《もくと》が要《い》る。

はからずも、孫六とおりくが目途をあたえてくれた。

見も知らぬ男を斬る。

理不尽な行為かもしれない。

だが、八郎兵衛は斬殺という理不尽な行為におのれの正義を、存在価値のようなものを、必死に求めようとしていた。

おりくによれば、輪島には「出城」と呼ぶ『千束屋』の拠点があるという。

師走は人買いにとっても多忙な月なので、岩蔵は暮れから正月にかけてを「出城」で過ごす。

八郎兵衛は塗師の仙吉をともない、輪島へ向かうことにきめた。

おとせのことは黙っていた。

いずれは告げるにせよ、今はそのときではない。

岩蔵を葬ってからでも遅くはなかろう。

「七四野《ななしの》さま、七四野権兵衛さま」

仙吉に呼ばれ、八郎兵衛はわれにかえった。

「なんだ」

「いえ、別に」

「用がなければ、気易《きやす》く呼ぶな」

「すみません。ただ、口惜《くちお》しくて。岩蔵が輪島にいるのを知っておれば、無駄足を踏まずにすみました。でも、こうして七四野さまと知りあうことができたのは、仏の恵みと考えております」

「仏の恵み」

「わたしの家は代々、一向宗（浄土真宗）の門徒なのです」

「ほう」

胸を張った仙吉の顔が、少しばかり眩《まぶ》しくみえた。

加賀の一向宗門徒といえば、気骨のある百姓の代名詞でもある。筵旗《むしろばた》を掲げ、室町幕府配下の守護（富樫《とがし》氏）を追放し、加賀に「百姓の持ちたる国」を築きあげた。信仰を通じて鉄の結束を築き、戦国の有力武将にも靡《なび》かず、武田信玄《たけだしんげん》や上杉謙信《うえすぎけんしん》からは一目置かれ、織田信長《おだのぶなが》をも散々に手こずらせた。一向一揆《いっき》の拠点となった金沢御堂は、金沢城の前身にほかならない。

そうした連中の末裔《まつえい》ともなれば、旺盛《おうせい》な反骨精神を秘めているにちがいなかった。

八郎兵衛は炭焼小屋で抱きあった娘の気丈さをおもいだした。

「おひろ」

いや、おとせは、記憶を失ったなどと平気な顔で嘘を吐き、褥に忍びこんできた。十四の娘にたいし、八郎兵衛は邪心の欠片《かけら》も抱かなかった。娘の不幸に同情し、肌を暖めてやろうとおもっただけだ。

ところが、おとせは妙な素振りをみせた。

ぎこちない仕種で、八郎兵衛の口を吸おうとしたのだ。

――岩蔵を殺して。

そんなふうに、囁かれたような気もする。

あれは、殺しを請けおわせるための行為だったのか。

ふたりは媾合《まぐわ》うこともなく、いつのまにか眠りに就いていた。

八郎兵衛が殺しを請けおったことなど、仙吉はこれっぽっちも気づいていない。

輪島まで案内しろと言われたので、そのとおりにしているだけだ。仙吉は高岡までやってきた道を逆にたどり、岩蔵に会って妹の所在を訊《き》くつもりでいる。

高岡から北へ二里も進むと、伏木《ふしき》の湊《みなと》へたどりついた。

渚から富山湾をのぞめば、内浦《うちうら》の海岸線が遠くにうっすらと霞《かす》んでみえる。

雨晴《あまはらし》の浜から凪《な》ぎわたった磯の夕景を愛《め》で、ふたりは能登半島の東の付け根にあたる氷見《ひみ》へ向かった。

「氷見から浜道を北へ進めば七尾《ななお》、半島の付け根を真西にむかって横切れば羽咋《はくい》へたどりつきます」

仙吉は能登半島を越前蟹《がに》の鋏《はさみ》に喩え、輪島までの道程を大雑把《おおざつぱ》に教えてくれた。

能登半島は富山湾に面した内浦と日本海の荒波をのぞむ外浦《そとうら》に分かれる。輪島は外浦海岸を越えたさき、巨大な鋏の外爪が曲がったあたりに位置している。

ひとまずは、氷見から臼ヶ峰《うすがみね》氷見街道をたどり、羽咋をめざさねばならない。

臼ヶ峰氷見街道は、『万葉集』に「之乎路《しをぢ》」と詠《よ》まれた古い道である。

能登半島の沿岸は塩田の宝庫なので、塩の道でもあった。

全長は五里余り。加賀藩の官道にも指定された半島横断の最短路だが、古くは木曾義仲が外浦へ平家追討の援兵をおくる際にもこの道を馬で驀進《ばくしん》させている。

途中に険しい山道があるため、冬は一日懸かりの道程となろう。

ふたりは氷見で宿をとり、翌早朝から「之乎路」を西へ向かった。

羽咋の湊へ達したのは、夕暮れのことだ。

波の穏やかな富山湾にくらべ、冬の日本海は猛々《たけだけ》しい。

それでも、このあたりはまだ夏になれば浜茄子《はまなす》の群生する砂地がつづき、静かな浜辺なのだという。

「北へ九里ほど進み、富来《とぎ》の福浦《ふくうら》湊を越えると景色は一変します」

超然と待ちかまえているのは、海に断崖の張りだした能登金剛の荒々しい景観だと仙吉は言う。

「のぞむところだ」

自然の猛威に立ちむかえば、雑念を捨てさることもできよう。

八郎兵衛は海風に頬を嬲《なぶ》らせながら、波頭を睨《にら》みつけた。

羽咋は能登半島をぐるりと一周する能登路の起点となる。

上杉謙信が「賀、越、能のかなめ」と称した内浦の七尾とも、横大道《よこのおおみち》で結ばれている。横大道とは、邑知潟《おうちがた》平野を斜めに突っきる間道のことだ。

羽咋には能登一の宮の気多《けた》神社、日蓮宗における北陸総本山の妙成寺《みょうじょうじ》などがある。南西の金沢までは津幡宿を経由して約十一里、金沢から北国街道（越中路）をたどって高岡にいたる道程とほぼ等しい。

翌朝はよく晴れた。

ふたりは海風に吹かれながら浜街道をすすみ、夕暮れになって五里《ごり》峠をくだると富来へたどりついた。三方を丘陵に囲まれた福浦湊は「風待ちの湊」と呼ばれ、八世紀初頭、海東の盛国として知られた渤海《ぼっかい》（北朝鮮、沿海州）からも頻繁に使者がおとずれた。

湊に宿泊した翌朝は、曇天となった。

鉛色の空と凍てつく海。雪まじりの寒風に吼《ほ》えくるう波の烈《はげ》しさは、みるものを圧倒する。

雪雲に覆われた高爪山《たかつめやま》（能登富士）を右手に眺めつつ、ふたりはさきを急いだ。

しばらく進むと、前途に能登金剛の景観があらわれた。

聞くと見るとではおおちがいで、八郎兵衛は景観のあまりの壮絶さに唖然《あぜん》とした。

関野鼻《せきのはな》までの五里にわたる海岸線は、奇岩の宝庫だ。

「あれが巌門《がんもん》、これが鷹《たか》の巣《す》岩に機具岩《はたご》」

と、仙吉は紫の唇《くち》もとを震わせた。

雪に覆われた岩盤上では、松の幹が折れそうなほどの勢いで揺れている。

屹立した岩肌に砕けちる波頭を睨み、八郎兵衛はおのれの小ささを思い知った。

能登金剛を過ぎれば、古来は「櫛比荘《くしひのしょう》」と呼ばれた門前《もんぜん》へたどりつく。

「門前には総持寺《そうじじ》があります」

「ふむ」

八郎兵衛は知っていた。

総持寺は六十有余の堂塔を擁する曹洞宗の大道場だ。永平寺（越前本山）と並ぶ能登本山にほかならず、初秋には境内《けいだい》の鬼屋《おにや》河畔に萩《はぎ》が咲きほこる。

知ってはいるが、訪れたことはない。

訪れてみたいと、過去に強くおもったのだろう。

「鬼屋川の萩か」

八郎兵衛は嬉しかった。

能登の旅が失われた記憶をとりもどす契機になればと、密《ひそ》かに期待した。

「門前から輪島までは五里と少し、あとひと息です」

冬の能登路は、難路の連続だ。

高岡を出立《しゅったつ》してから、すでに四日目の夕刻を迎えていた。

八郎兵衛はわけもなく、武者震いを感じている。

めざすさきを指呼《しこ》に置いたせいだろう。

――だが。

待ちうけていたのは、目を覆いたくなるような凄惨な光景だった。

七

古来より、輪島は「親ノ湊」と呼ばれ、奥能登最大の湊町として栄えた。蝦夷地と大坂を結ぶ北前船の寄港地でもあり、入り船の数は年間で延べ六百艘《そう》を優に超える。

荷としては蝦夷地の昆布、越後の米、大坂の綿、阿波《あわ》の藍玉《あいだま》などの特産物が降ろされ、それらと交換に、輪島塗りの漆器や炭、素麺《そうめん》、近在からは珠洲《すず》焼きの陶器、珍奇なものでは樽《たる》詰めにした温泉の湯なども積みこまれる。

八郎兵衛は、暮れ六つの鐘を聞いていた。

輪島は朝市でも有名だが、住吉神社の境内では夕市もおこなわれ、耳には「買《こ》うてくだ」という老婆たちの声が聞こえてくる。

仙吉は胸騒ぎでも感じたのか、境内を飛ぶように横切っていった。

仙吉の実家は漁を営んでいる。冬場は荒れた海に漕ぎだすこともできぬので、口を糊《のり》するために漆器の木地《きじ》となる欅《けやき》を伐《き》りだし、漆と混ぜる珪藻土《けいそうど》などを採取しておくという。

そもそも、漆器づくりは冬場の副業であったが、手先の器用な仙吉は沈金の技法を学び、塗師になった。先祖は潜水に優れた筑前《ちくぜん》の海士《あま》だったらしい。暖かい季節だけ訪れ、舳倉島《へぐらじま》などで鮑《あわび》漁をおこなっていたが、やがて輪島近郊に定着した。

「わたしは長男です」

と、仙吉は胸を張った。

母親は五年前に海難事故で亡くなり、十四のおとせをのぞけば、十七の弟がひとりあった。その弟が小船を操って漁に出る。大黒柱の父親は胸を患い、半年ほどまえから寝たきりの暮らしだった。

実家は北西の外れ、寂《さび》れた漁村の一隅にある。

海風をまともに受けるので、賤ヶ屋《しずがや》の側面には細竹でつくった風除《よ》けの間垣《まがき》が張りめぐらされていた。

日没ともなれば海は暗澹《あんたん》とした面持ちをみせ、凩は断末魔のごとく喚《おめ》きあげる。岩礁に砕けちる波飛沫《なみしぶき》と凩に震える間垣。八郎兵衛の瞳に映った景観はまぎれもなく、奥能登の荒寥《こうりょう》とした風景にほかならない。

巻きあがる雪煙のなかを、ふたりは早足に進んだ。

仙吉がさきに立ち、簑笠《みのがさ》を脱ぎながら板戸をひらく。

「うっ」

間口へ一歩踏みこんだ途端、異臭に鼻をつかれた。

「……ま、万次郎《まんじろう》」

十七の弟が、土間で喉笛を裂かれている。

仙吉は血溜まりで足を滑らせ、尻餅をついた。

血だらけになって這《は》いつくばり、土間から上がり框に手を掛ける。

「……お、おとっつぁん」

父親は煎餅蒲団《せんべいぶとん》のうえに仰臥《ぎょうが》し、両腕で宙をまさぐるように息絶えていた。

「胸をひと突きか」

寝ているところを、串刺しにされたのだ。

瞠《みは》った眸子は白く濁り、亡者のように口をおおきく開いている。

──待て、なにをする。

と、誰かに訴えかけるような、怨みの籠《こ》もった形相だ。

仙吉は父親の亡骸《なきがら》に縋《すが》って慟哭《どうこく》しはじめた。

微《かす》かに硝煙の臭《にお》いがただよってくる。

「誰だ」

八郎兵衛は鯉口《こいぐち》を切り、戸口に向かって低く身構えた。

開けはなたれた戸口から、凩が吹きこんでくる。

ぬっと突きだされたのは、黒光りした猟師筒であった。

筒を抱えているのは、山狗の毛皮を纏《まと》った固太りの男だ。

雪紐《ゆきひも》をぶらさげた両鬢《りょうびん》、凍りついた頬髭と顎髭、皺《しわ》顔の男は右脚を引きずり、ゆっくり近づいてきた。

「孫六か」

八郎兵衛は、ほうっと溜息を吐いた。

「やっぱり、おめえさんか」

孫六のほうも力を抜き、筒を仕舞いこむ。

仙吉は泣きつづけていた。

「おめえさん、ひと足ちがいだったよ。殺ったのは岩蔵さ。むごいことをしやがる」

「岩蔵が、なんで」

「言ったろう。やつは外道のなかの外道だと。おとせを奪いにきたのさ」

「おとせを」

仙吉の泣き声が、ふっと止《や》んだ。

数日前、おとせは炭焼小屋から忽然と消えた。

その日はちょうど、山に預けられてから三年目の日に当たっていたという。

「おとせは指折り数えて待っておった。おりくと約束した三年が過ぎるのをな」

孫六は目の縁を赤く腫らし、口をもぐつかせた。

感極まって、ことばがうまく出てこない。

この三年間、じつの娘同然に可愛がってきた。

恋慕と未練が胸に渦巻いているのだ。

「ひょっこり戻ったおとせの噂を、岩蔵が聞きのがすはずはねえ。わしゃ必死にあとを追った。が、遅かった。ひと足ちがいさ」

「岩蔵の出城は」

「もう、そこにはいねえ」

「こころあたりはあんのか」

「ある。寺家《じけ》に別の根城がある。たぶん、そこじゃろう。急がなくちゃならねえ」

「なぜ」

「晦日《みそか》前に、娘たちは海賊に売られちまう」

「海賊だと」

「戎克《ジャンク》に四角い帆を立てた連中さあ。台湾《たいわん》沖から荒波を乗りこえ、毎年、珠洲岬までやってくる。いや、もうやってきてるかもな」

人買船である。

娘たちは台湾や中国大陸は無論のこと、欧州大陸へも連れてゆかれ、召人《めしゅうど》としてはたらかされる。

南蛮《なんばん》人や紅毛《こうもう》人のあいだでは、艶やかな黒髪が好まれるという。

金沢や高岡の廓に売るよりも、海賊に売ったほうが何倍もの儲けになる。かつて、孫六は岩蔵の手足となってはたらいていた。内情に詳しいのだ。

「くそっ」

八郎兵衛は、土間へ飛びおりた。

「七四野さま」

矢のような声が、背中に突きささる。

仙吉が板間に正座し、両手を拝みあわせていた。

「連れていってくださいまし」

「いかん」

「なぜですか」

「足手まといだ」

相手は岩蔵だけではない。海賊どもが控えているかもしれないのだ。

八郎兵衛にぴしゃりと拒まれ、仙吉は板間にくずれおちた。

「待っておれ。おとせは助けだしてやる」

「お願いします。お願いします」

仙吉は涙を流し、念仏を唱えだす。

八郎兵衛は孫六とともに、血塗《ちまみ》れの賤ヶ屋をあとにした。

八

夜の海に、綿帽子のような波の花が舞っていた。

まぼろしのごとき風景に包まれ、八郎兵衛は倶利伽羅峠のことをおもいだした。

「わしは平家の落人を斬っていた」

「ん、なにか喋ったかね」

まえを進む孫六が足を止め、笠をかたむけてみせる。

「斬っても斬っても、あらわれるのだ。鎧兜《よろいかぶと》を身につけてなあ。面頬の奥で赤い目が光っておった」

「そいつは山狗じゃ。わしも落人どもにはよう遭う。撃ったこともあったな。弾《たま》は連中のからだをすうっと抜けていきよった。ふふ、まぼろしをみたのじゃよ」

孫六はまた歩きはじめ、八郎兵衛の脳裏から落ち武者どもは消えていった。

半島先端の珠洲岬を越えて寺家までは十二里余り、朝まで歩きどおしでもたどりつけるところではない。

ふたりは五里ほど歩いて曾々木《そそぎ》まで行き、荒れ寺の軒下を借りて旅装を解いた。

「曾々木には上《かみ》と下《しも》の時国家《ときくに》がある」

親切な住職の恵んでくれた白湯《さゆ》を啜り、孫六は喋りはじめた。

市中に流れる町野川《まちの》を遡《さかのぼ》ると、茅葺入母屋《かやぶきいりもや》造の豪壮な屋敷があらわれる。

三町《ちょう》のあいだを隔てて二棟の屋敷が建っており、上流が上時国家、下流が下時国家であった。

「並みの豪農ではないぞ」

千人余りの下人《げにん》を抱える大地主らしい。

江戸初期に分家し、上時国家は幕府直轄領を、下時国家は加賀藩領を治めるべく命じられた。

両家あわせた石高《こくだか》は、二百石にのぼる。

蝦夷地と大坂を繋ぐ北前船の船主でもあり、千石船を五艘も所有しているという。船主としての利益は年間四百両を超え、米収入をうわまわる。

「ほほう、それはすごいな」

奥能登にそれほどの海商が隠れていようとは、八郎兵衛には想像もできなかった。

「時国とは先祖の名でな、平時忠《ときただ》の子息じゃ」

時忠は清盛の妻時子《ときこ》の弟、平家にあらずんば人にあらずと豪語した人物でもある。禁裏では権大納言《ごんのだいなごん》までのぼりつめ、栄耀《えいよう》栄華をきわめたものの、壇ノ浦《だんのうら》の戦いで虜囚《りょしゅう》となり、奥能登へ流された。時国家とは、その末裔にほかならない。

孫六は言う。

「輪島もそうじゃが、このあたりは美人の宝庫でな。わしがおもうに、時国家のおかげじゃよ」

「公家《きんだち》の血を曳《ひ》く娘たち、ということか」

「ああ、そうじゃ。餅肌の瓜実顔は一桁《ひとけた》うえの高値で売れる。じゃから、岩蔵のごとき人買いどもはわざわざ奥能登まで足を延ばす」

「なるほど」

「おめえさんは、よほど平家に縁があるようじゃ。落人どもの怨念に憑《つ》かれたのかもしれん。ふほほ」

孫六の言うとおり、倶利伽羅峠で落人どもを斬ったせいかもしれない。記憶を奪われたのも、奥能登くんだりまで足を運ぶはめになったのも、亡霊どもと斬りむすんだせいなのだ。

「ひとつ教えておく」

孫六はにたりと笑い、顔を寄せて臭い息を吹きかけてきた。

「岩蔵は夜目が利かぬ。木菟《みみずく》というのは、そこからついた綽名《あだな》じゃ」

八郎兵衛は身を乗りだす。

「なれば、襲撃は明晩か」

「ふむ、雲に月星の隠れる間隙《かんげき》を狙うのがよかろうて」

「承知」

凍てつく夜空には、月が冴え冴えと光っている。

八郎兵衛は白湯をかたむけ、おとせが無事であることを祈った。

九

寺家には、奥能登の鬼門を鎮める須須《すず》明神が祀《まつ》られていた。

近在の山中には、平時忠を祀った五輪塔もひっそりとたたずんでいる。

入り江の彎曲《わんきょく》した珠洲湊は近い。

能登半島を巡る街道は寺家から内浦と名を変え、南にむかって穴水《あなみず》、和倉《わくら》温泉、七尾とつづき、横大道をたどって羽咋で完結する。

翌日、坤《ひつじさる》の頃おい（午後三時）から、八郎兵衛と孫六は灌木《かんぼく》の陰に潜んだ。

空も海も鉛色に閉ざされ、雪まじりの強風が吹きすさんでいる。

金剛草履で固めた足先はかじかみ、感覚さえもなくなった。

奥歯は震え、洟水《はなみず》は垂れたままだ。

指先の感覚だけは鈍らぬようにと、孫六に温石《おんじゃく》を借りて暖めた。

生気が戻るのはその瞬間だけで、身も心もすぐに冷気のなかへ閉じこめられた。

悪党どもの根城は、船問屋の土蔵を模した長屋造りの建物だ。鰻《うなぎ》の寝床のように細長く、海に面して二棟並んでいる。

海側に立てられた間垣が風に煽《あお》られ、寒々と揺れていた。

「うまい隠れ家をみつけたな」

周囲に人家はない。

八郎兵衛の背後には、雪化粧の薄くほどこされた禿《は》げ山が迫っている。

前面は海だ。浜に張りだした巨岩のおかげで、根城は窪《くぼ》みに隠されていた。

汀《みぎわ》から少し離れた波間には岩棚が隆起し、防波堤の役目を果たしている。

岩棚の内側は狭隘《きょうあい》な入り江、簡易な船着場も仮設されていた。

そこだけは波も静かで、遠目にも戎克《ジャンク》の黒い影が遠望できる。

懸念したとおりだった。

「やつら、着いていやがった」

水際の警戒が弛《ゆる》む冬場を狙い、海賊どもは命懸けで荒波を越えてくる。

無論、それ相応の実入りがなければ、やってくるはずはなかった。

海賊どもが欲するのは娘たちだけではない。

禁制品の俵物《たわらもの》などを大量に積みこむ。

とりわけ、蝦夷地の昆布は喜ばれる。大陸の沿岸では栄養価の高い昆布が採取できないので、清《しん》国で商えば莫大《ばくだい》な儲けになるという。

「みえるかね、白壁のところ。土蔵のなかに珠洲焼きの壺《つぼ》が並んでおるじゃろう」

「あるな」

「あの壺も船に積む」

堅牢《けんろう》な灰青色の陶器も、西欧人には好まれる。

だが、どうも用途はちがうらしい。警戒の厳重な湊などで荷を降ろす際、娘たちを珠洲焼きの大壺に隠して運ぶのだ。

顧客にしてみれば、さしずめ魔法の壺であろう。

「積みこみの順番はどうなる」

「娘たちは最後じゃ。荷をさきにはこぶ」

「よし。それなら、数が減ったところを狙えるな」

「海賊どもは船のなかじゃ。荷積みは暗くなってからはじまる。そっからが勝負じゃな」

孫六は乾燥させた獣肉を頬張った。

「食うかね、ひとつ」

「ああ」

肉をひときれ貰い、頬張ってみる。

噛めば噛むほど味が滲みだし、活力がわいてきた。

「美味《うま》いかね」

「美味いな」

「そいつは山神じゃ」

「え」

「あんたを啖《くら》おうとした山狗の肉さ」

「うえっ、まことかよ」

「山神の肉は滋養になる。せいぜい気張ってくれ」

肉を呑みこみ、土蔵の入口を睨みつけた。

乾分どもは忙しなく出入りしているものの、肝心の頭目はいっこうにすがたをあらわさない。

いったい、何人斬ればよいのだろう。

孫六によると乾分の数は二十人余り、海賊のほうも同程度の数らしい。

そのうえ、頭目の岩蔵は居合の達人と聞いているだけに、八郎兵衛は眩暈《めまい》をおぼえた。

「やめちまうかい。今なら間にあうぞ」

孫六は、口端《くちばた》に冷笑をうかべた。

「その手もあったな」

考えてみれば、命懸けで娘たちを救う義理はない。

だが、やめる気はさらさらなかった。

「孫六よ、鉛弾は何発ある」

「いくらでもある。じゃが、連続撃ちは容易な技じゃねえ」

「何人までたおせる」

「十人がいいとこじゃろう」

孫六は夜目が利く。とはいえ、夜間の命中率はどうしても低くならざるを得ない。

「岩蔵はな、夜になりゃ篝火《かがりび》や松明《たいまつ》を煌々《こうこう》と焚《た》かせる。そいつを目印に撃っても、せいぜいで十人。あとは、おめえさんに任せるしかねえ。おめえさん、鯖江で百人斬りをやった伊坂八郎兵衛なんじゃろう」

「おなじことを、おりくにも言われたな」

「最初から、わかっておったわさ。おめえさんが伊坂八郎兵衛なら、岩蔵を殺ってくれるにちげえねえ。そう、踏んだのよ」

「わしが伊坂某でなかったら、どうするね」

「かまわねえよ。どうせ、眉唾なはなしじゃ。だいいち、ひとりで百人なんざ斬れるもんじゃねえ。五人も斬りゃ刃に脂が巻く」

「あんたの言うとおりだ」

伊坂八郎兵衛が一乗谷で斬った相手は、せいぜい、五、六人だろう。それがいつのまにやら百人になった。噂とは恐ろしいものだ。

「百人なんぞ斬れるわけがないさ」

「信じるこった。暗示を掛けるのよ。正真正銘、おのれは百人斬りをやった男なんだとな」

「孫六よ、厄介なことがひとつある」

おとせを、救出しなければならない。

いや、おとせだけではない。土蔵のなかには、十数人の娘たちが閉じこめられている。

「考えても仕方ねえ。なるようにしかならねえさ」

「ま、それもそうだな」

ぎぎっと、土蔵の扉が開き、長身瘦軀《そうく》の男があらわれた。

「お、岩蔵だ」

齢は四十を越えたあたりか。

灌木から土蔵までは半町余りも離れているので、表情はみさだめられない。

髷は町人風だが、腰の二本差しはさまになっている。

威風堂々とした物腰から推すと、居合の達人という噂もうなずけた。

岩蔵は曇天を睨みつけ、それから船着場の戎克に目を向けると、土蔵のなかへもどっていった。

「くそっ、右脚が疼きやがる」

孫六は額に膏汗《あぶらあせ》を掻いていた。

よほど、怨みが深いとみえる。

日没となり、周囲は薄闇にとりつつまれた。

八郎兵衛の耳に、波音だけがやけに大きく聞こえていた。

十

戌《いぬ》の五つ（午後八時）頃、荷積みの作業は佳境にはいった。

土蔵から船着場までは三町余り、浜辺には点々と篝火が焚かれ、荷を先導する乾分どもの手には松明が握られている。

まるで、古来から奥能登につたわる饗応《あえ》の火祭りのようだ。

「孫六、篝火と篝火の間合いは」

「きっちり十一間じゃ」

寒風の吹きすさぶなか、男たちは汗みずくとなり、黙々と荷をはこんでいた。

娘たちのすがたはみえない。

そろそろ、動かねばなるまい。

「行ってくる」

八郎兵衛は、簑笠を脱いだ。

灌木の陰に孫六を残し、たったひとりで闇に溶けこむ。

岩蔵は海賊の棟梁《とうりょう》ともども、いまは戎克のなかにいた。

土蔵の周辺に散見される乾分どもの数は、十人程度と考えてよかろう。

まずは、そいつらを葬る。

「あとは野となれ山となれ」

鼻先に、篝火が近づいてきた。

土蔵の正面、丸木扉の側《そば》には、六尺棒をもった見張りが立っている。

荷を担いだ連中は五体から湯気を立ちのぼらせ、見張りの脇を通りすぎていく。褌《ふんどし》一丁の男まであった。

いずれも、筋骨隆々とした体格の持ち主だ。

「おや」

担ぎ手のなかに、風変わりな髪型の男たちがまざっていた。

海賊だろう。頭頂《ずちょう》のほかは青々と剃り、紐状に編んだ長い髪をうしろに垂らしている。辮髪《べんぱつ》だ。

腰に幅広の青龍刀《せいりゅうとう》を佩《は》いた男もみえる。

八郎兵衛は篝火の手前でくっと角度を変え、大股で見張りのほうに向かった。

掌を入念に擦《こす》りあわせ、はあっと白い息を吹きかける。

波頭が弾け、吹きつける風が鬢を震わせた。

見張りは気づいていない。棒のように突ったっている。

荷を担いだ男たちの一団は遠ざかり、畝々《うねうね》とつづく篝火の向こうに消えていく。

「おい」

八郎兵衛は見張りを呼んだ。

ぎょっとした顔が凍りついた。

抜刀する。
蒼白《あおじろ》い閃光《せんこう》がほとばしる。
「ひょっ」
見張りは喉を引きつらせた。
すでに、首と胴は離れている。
返り血を避《よ》けつつ、八郎兵衛は戸口の脇に隠れた。
松明を掲げた男がなにも知らず、ひょっこり顔を差しだす。
「おい」
また呼んだ。
男は息を呑む。
雁金《かりがね》に薙いだ。
「くっ」
胴が落ちた。
肉も骨も断たれている。
切り株のような下半身がくずおれた。
またひとり、荷を担いだ男が蔵のなかからあらわれた。

横合いから踏みこみ、刃を横薙ぎに寝かせながら駈けぬける。

駈けぬけた勢いのまま、八郎兵衛は篝火を蹴倒した。

ざざっと鮮血が散り、荷と首が砂地に転がった。

「これで三人」

ほっと、息を吐く。

血の滴る刃を裾で拭《ぬぐ》いとり、土蔵のなかへ踏みこむ。

蔵内は薄暗く、饐《す》えた臭いがたちこめている。
五、六人の男が驚いたように叫んだ。
「だ、誰でえ」

風のように駈け、ひとりを袈裟《けさ》懸《が》けに斬った。

ぶわっと、血が噴いた。

斬られた男は仰けぞり、夥《おびただ》しい血を噴きつづける。

「うわああ」

男たちは動顚《どうてん》し、声をかぎりに叫んだ。

「来るな、来るんじゃねえ」

恐怖に顔が引きつっている。

地獄の鬼が忽然とあらわれたようなものだ。

尻を向ける腰抜けもいれば、段平《だんびら》を闇雲に振りまわす者もいる。

八郎兵衛は流れるように動き、素早く三人まで斬った。

戸口へ逃げる男の背中を斬り、猛進してきた男を片手討ちにする。

横合いから突きだされた白刃を躱し、最後のひとりは胴下を摺付けに薙いだ。

土間に臓物がぶちまかれ、臭気が膨れあがった。

さっと血を切り、刀を鞘に納める。

八郎兵衛は土蔵の奥へ進んだ。

「きゃああ」

突如、娘たちが悲鳴を張りあげる。

十数人の娘たちが身を寄せあい、怯《おび》えた眼差しを向けてくる。

「おとせ、おとせはおるか」

呼びかけると、痩せた娘がよろめくように立ちあがった。

「おぬし、生きておったか」

別人のように窶《やつ》れてはいるが、おとせにまちがいない。

「助けにきてくれたのね」

「ああ、そうだ。仙吉が待っておる」

「兄《あん》ちゃんが」

おとせの頰に、ぱっと赤味が差した。

「ぐずぐずしてはおられんぞ」

かといって、集団で逃げだすのは目立ちすぎる。

さて、どうする。

おとせが、八郎兵衛の逡巡を吹きけしてくれた。

「壺のなかに隠れます。事が終わるまで、みんなで珠洲焼きの壺のなかに」

機転の利く娘だ。

「よし」

八郎兵衛は踵《きびす》を返す。

土蔵の外は騒然としつつあった。

十一

船着場のほうから、大勢の男たちが駈けよせてきた。

髷の男もいれば、辮髪もいる。段平を振りかざす者、青龍刀を振りまわす者、斧《おの》を担いで駈けてくる者まであった。

風は吼え、波は逆巻いている。

巨大な闇が生き物のように蠢《うごめ》きながら、漸々《ぜんぜん》と襲いかかってきた。

八郎兵衛は前歯を剝き、砂のうえを駈けぬける。

「ぬわああ」

鬨《とき》の声が、堰《せき》を切ったように圧《お》しよせてくる。

「殺れ。相手はひとりぞ。嬲《なぶ》り殺せ」

剽悍《ひょうかん》な荒くれどもを斬りまくり、八郎兵衛は篝火をやつぎばやに蹴倒していく。

「……この感覚」

不思議なほど、からだが軽い。

気力も横溢《おういつ》している。

車懸かりで殺到されようとも、八郎兵衛は微動だにしない。

立身流の絶妙な体捌きだ。

流祖の口伝に「深夜聞霜」とある無我の境地で剛刀を操る。

しかし、ものには限度というものがあった。

二十人余りの悪党を斬ったあたりで、さすがに息も切れてくる。
「孫六よ、撃て……う、撃ってくれ」
八郎兵衛は悄然《しょうぜん》とたたずみ、漆黒の闇を透かしみた。
以心伝心とは、まさにこのことか。
この機を待っていたかのように、ぱっと火の粉《こ》が散った。
――ずどどど。
銃声が天に轟き、鉛弾は火玉となってほとばしる。
正面に迫った男の顔が、突如、柘榴《ざくろ》のように粉砕された。
「うわっ、鉄炮《てつぽう》じゃ」
悪党どもは足を止め、一斉に身を縮める。
「けえ……っ」
八郎兵衛は獅子吼《ししく》し、敢然と斬りこんでいった。
――ずどん。
二発目の銃声とともに、火玉が闇を裂いた。
斧を手にした海賊の頭が、木っ端微塵《こっぱみじん》に吹っとぶ。
――ずどど。

またひとり、眼前に迫った男の頭が破裂した。

火玉は蛇のような弾道を描き、的を正確に弾いていく。

「くわああ」

敵の一団が雄叫《おたけ》びをあげ、銃声のするほうへ駈けだした。

「させるか」

八郎兵衛は一団を追いかける。

追いつきざま、ひとりを斬りすて、つぎの男の背中へ斬りかかる。

孫六も鉛弾を放ち、たてつづけに何人かの命を奪った。

心強い味方だ。

が、やがて、銃声も聞こえなくなった。

右脚が不自由なだけに、遠くへは逃げられまい。

「孫六、孫六」

いくら叫んでみても、反応はない。

「はおっ」

横合いの暗闇から、ふたりの辮髪頭が斬りかかってくる。

右手のひとりを斬った瞬間、左手から襲いかかった男に頬を浅く削られた。

「ひょおお」

男は鳥のように啼《な》き、血塗れの青龍刀を揺らめかせる。

八郎兵衛は無造作に身を寄せ、相手の一撃を鼻先で躱す。

躱しながら突きを繰りだし、相手の喉を串刺しにした。

「おい、孫六」

灌木のすぐそばで、孫六は無惨な死にざまを晒していた。

槊杖《さくじょう》で銃腔《じゅうこう》を拭い、火薬を注いで次発を装塡《そうてん》しかけたとき、海賊どもの刃に懸かったのだ。青龍刀で胴を膾《なます》に刻まれ、首まで掻きられている。

覚悟の死であったにちがいない。

かつては、孫六も性根の腐った人買いだった。

過去の罪業を償うべく、無謀な行為に出たのだろう。

おりくに頼まれ、おとせを預かったのも、懺悔《さんげ》したい気持ちがあったからにちがいない。

「悔いはあるまい。おぬしはよう戦った」

八郎兵衛は頭《こうべ》を垂れ、短く念仏を唱えた。

十二

浜辺には累々と屍骸が横たわり、まるで、合戦場のようでもある。

気づいてみると、八郎兵衛は船着場の手前に立っていた。

戎克は檣《ほばしら》に四角い帆を引きあげ、出航の準備を急いでいる。

黒々とした舷《ふなべり》を仰ぎみれば、海賊どもの生きのこりが船上で松明を振っていた。

凄まじい形相でこちらを睨みつけ、罵声《ばせい》を浴びせかけてくる。なかでも、首魁《しゅかい》とおぼしき巨漢は辮髪を振り、狂犬のように吠えまくっていた。

「纜《ともづな》を解け、はやく、はやく」

どうやら、突然の闖入者《ちんにゅうしゃ》に面食らったらしい。

首魁は役人にみつかったとおもいこみ、積み荷をあきらめ、遁走《とんそう》をはかろうとしている。

戎克は纜を解き、ゆるゆると船着場を離れていった。

と、そのとき。

ぼっと、火の手があがった。

大蛇《おろち》のような炎が戎克の帆柱を這い、桁《けた》や綱に燃えうつっていく。
「おお」
四角い帆布は一瞬にして、火鳥のごとく燃えあがった。
油でも撒《ま》かれていたのか、火のまわりは迅《はや》い。
船体は紅蓮《ぐれん》の炎と黒煙に包まれ、おおきく傾斜していった。
そして、ぐおおんと船首を突きあげ、船尾から沈みはじめる。
船上の海賊どもは、ひとたまりもない。
凍てつく海に飛びこんだところで、荒波に呑まれるだけのことだ。
浜辺に泳ぎついた人影はひとつもなかった。
いや、ひとつだけあった。
「ふふ、ふははは」
唐突に、狂気じみた高笑いが聞こえてくる。
汀の暗がりから、岩蔵がのっそりあらわれた。
たったひとり、海から這いあがってきたのだ。
ずぶ濡《ぬ》れになりながらも、双眸《そうぼう》に覇気を漲《みなぎ》らせている。
虹彩《こうさい》を橙《だいだい》色《いろ》に光らせた様子は、まさしく木菟そのものだ。

「船に油を撒いたのは、おれさまよ。燃やすしかなかったからな」

遁走させてしまえば、海賊どもの仲間は二度とあらわれなくなる。

岩蔵はしたたかに算盤《そろばん》を弾き、みずから商売相手のひとつを葬った。

「で、おめえは何者だ」

木菟は声を押し殺し、身を寄せてくる。

「幕府《こうぎ》の密偵《いぬ》か」

「ふん、そうみえるか」

「いいや、みえねえな。風体が汚《きたな》すぎるぜ。でもよ、密偵でなきゃ説明はつかねえだろう。それともなにか、おめえは正義の味方か」

八郎兵衛は苦笑する。

「正義なんてものは、どうだっていい。自分が誰であろうと、どうでもよいのだ。わしはただ、おぬしの命を貰いにきた」

「ほほう、誰に頼まれた」

「おりく」

「何だと」

岩蔵は片眉をすっと吊りあげ、自嘲《じちょう》するように笑う。

「ふっ、あの女のやりそうなこった。何度も寝首を掻かれそうになったからな」

「怨まれておるようだな」

「ちがう。おりくはな、殺《あや》めたいほど惚《ほ》れておるのさ」

「うぬぼれ者め」

「くだらねえはなしはよそう。おめえ、ほしいのは金か。だったら、くれてやってもいいぜ。おめえの技倆《うで》なら、大枚を払う価値はある」

「いくらだ」

「五十両」

「安いな」

「そうか」

岩蔵はぺっと唾を吐き、腰の刀に手をかけた。

背に赤々と燃えているのは、戎克の船首であろう。

まるで、墓標のようだ。

「おめえもおれも居合を使う。どっちが捷《はえ》えか勝負すっか」

「のぞむところだ」

八郎兵衛は腰を落とし、両腕をだらりとさげる。

岩蔵は前屈みになるや、爪先で砂を噛んだ。

鳥目ならば、こちらの輪郭はおぼろであろう。

暗闇に触角を伸ばし、勘をはたらかせるしかない。

それでも岩蔵はためらいもせず、まっすぐに向かってくる。

「しゃあっ」

岩蔵は気合いを発し、鯉口を切った。

八郎兵衛は抜かない。

——まだだ。懐中深く誘いこめ。

と、胸に念じて我慢する。

「死ねや」

岩蔵が迫った。

「ふん」

八郎兵衛が抜きはなつ。

二本の白刃が、ほぼ同時に弧を描いた。

「けえ……っ」

大上段から、頭蓋を狙って斬りおとす。

立身流の奥義、豪撃《こわうち》の剣だ。
──満月を撃突すべからず、半月を撃突すべし。
このとき、岩蔵の面相には煩悩《ぼんのう》が滲みだしていた。
相対する八郎兵衛は、無念無想の境地である。
太刀行の差は心のありようの差、刹那《せつな》の遅れが死を招く。
厚重ねの剛刀は旋風となって闇を斬った。
「はおおお」
鼓膜を破るほどの絶叫は、頭蓋を割られた岩蔵のものだ。
裂け目から噴きあげた鮮血が、雨となって降りそそいでくる。
「ぬおっ」
八郎兵衛は返り血を呑んだ。
苦い。
斬殺の味とは、これほど苦いものなのか。
忽然と、すべての記憶が甦ってくる。
南町の虎、江戸南町奉行配下の隠密廻り、小悪党どもに恐懼《きょうく》された伊坂八郎兵衛。
「くそっ」

どうでもよい。
すべてはむかしのことだ。
今は、ただの人斬りにすぎぬ。
脳漿《のうしょう》をぶちまけた岩蔵の屍骸が、冷たい風に晒されている。
戎克の残骸は華燭《かしょく》のように散り、波間に消えつつあった。
誰もいない。
暗澹とした海があるだけだ。
八郎兵衛は袖を靡かせ、砂を踏みしめた。
宙に舞った砂粒が、顔に叩きつけてくる。
強風にざわめいているのは、土蔵を囲む間垣であろうか。
――ひゅるるる。
耳に聞こえてくるのは、赤子の泣き声のような虎落笛《もがりぶえ》だ。
「旦那、山神の旦那」
土蔵の内から、おとせがひょっこり顔を出す。
暗闇に光明を見出《みいだ》した瞬間、眸子から止めどもなく涙が溢《あふ》れてきた。
「……おとせ、よく生きておってくれたな」

八郎兵衛は、蹌踉《よろ》めくように歩きだす。
一段と大きな白波が、背後の岩礁に当って砕け散った。

立山曼陀羅《たてやままんだら》

一

厳冬の能登半島を去りがたく、正月から和倉《わくら》温泉に逗留《とうりゅう》しつづけた。

和倉は鄙《ひな》びた温泉地で、小さな宿が五軒ほどしかない。だが、呑《の》めば胃腸の病《やまい》に効くとの評判もたかい湯の価値は、四斗樽《だる》で米一升ぶんにもなる。樽詰めにされ、大坂方面などで売られていた。

伊坂八郎兵衛はその湯に浸《つ》かり、心身の傷を癒《いや》した。

湯に浸かったあとは地酒を呑み、富山湾でとれた魚貝に舌鼓《したつづみ》を打つ。

「たまらぬ、たまらぬなあ」

湯に浸かり、美味《うま》いものを食う。まことに、これほどの贅沢《ぜいたく》もあるまい。

金はあった。人買いの岩蔵を斬った対価だ。『千束屋』のおりくに金子《きんす》を貰《もら》ってい
たので、温泉宿の梅干し婆《ばばあ》に賄《まかな》いをさせるだけの余裕はあった。
名物のかぶら鮨《ずし》も口にした。
初冬のころ、氷見《ひみ》沖でとれた最上の寒鰤《かんぶり》を塩引きにし、桶《おけ》の底に竹皮、飯、旬の蕪《かぶ》、
生熟《なまな》れの塩引きの順でかさね、重石《おもし》を載せて漬けこんでおく。なれ鮨のことだ。鰤一
本の値段は米一俵ともいわれ、加賀越中の一円、ことに金沢では正月のハレ料理とし
て欠かせないものという。
しょっぱい鰤と甘い蕪、それに酸っぱい飯。滋養と味わいが醗酵《はっこう》し、舌がとろける
ほどの美味だった。
やがて、宿の中庭に紅い椿の花が咲いた。
雪解けの畦《あぜ》に芹《せり》が萌《も》え、卵を抱えた雌鮒《めぶな》が小川をすいすい泳ぎはじめたころ、八郎
兵衛は重い腰をあげた。
人が恋しくなってきたのだ。
あまり好きではない城下町の喧噪《けんそう》を、なんとはなしに肌で感じたくなった。
虫が土中から顔を出すのといっしょだ。冬眠から醒《さ》めた熊が餌《えさ》をもとめ、野山を散
策するのと似ている。

もっとも、腰をあげねばならない理由もあった。懐中が寂しくなってきたからだ。

「稼がねば」

氷見から伏木《ふしき》、放生津《ほうじょうづ》と海沿いをたどり、八郎兵衛は下村《しもむら》宿から北国街道の越中路へ合流した。

さらに、街道を外れてやや南下し、富山城下へ足を延ばしている。

高岡から富山までは約五里、街道の起点となる金沢からみれば、越後国境の市振《いちぶり》にいたる越中路のほぼ中間地点ということになる。

「春だな」

川縁《かわべり》から万年雪をいただく立山連峰をのぞみ、八郎兵衛は大きく伸びをした。

啓蟄《けいちつ》から春分へ、そして彼岸も過ぎると、寒気はやわらぐ。

この時節、江戸では牡丹餅《ぼたもち》や五目鮨を隣近所に配るのだが、加賀や越中にそうした習慣はない。ただ、春の到来を待ちのぞむ浮きたつような心持ちは、江戸も北陸もなんら変わるものではなかった。

おもいだす。盆暮れと彼岸だけは、お上《かみ》の配慮で増上寺の山門が開放された。隠密廻りの役目を放りだして、毎日のように楼へのぼり、滔々《とうとう》と流れる隅田川を遠望したものだ。

雪解けで嵩《かさ》を増した川では、木流しがおこなわれる。

今、八郎兵衛の目に映っているのは、神通川《じんづうがわ》であった。

幾たびも氾濫《はんらん》を繰りかえしては、土地の人々を悩ませてきた。暴れ川だ。

一朶《いちだ》の雲もない蒼天《そうてん》のもと、神通川でおこなわれる木流しの風景は、八郎兵衛の胸に一抹《いちまつ》の郷愁を抱かせた。

表高十万石、領民の数約三万五千人。富山《とやま》藩は加賀前田家の分藩で、第三代利常《としつね》の次男利次《としつぐ》にはじまる。

利常は有能な殿様だったが、鼻毛を茫々《ぼうぼう》と伸ばし、阿呆《あほう》を装ったとも伝えられている。大大名の宿命かもしれない。癇癪《かんしやく》持ちの第三代将軍家光《いえみつ》から、つねのように監視の目を注がれていたからだ。

ついに、謀反《むほん》の疑いありと指弾されたとき、利常は分藩という窮余の策に出た。長男光高《みつたか》に宗家（八十万石）を襲封《しゆうほう》させ、みずからは小松（二十二万石）へ隠居し、次男利次と三男利治《としはる》には分藩を命じ、各々《おのおの》、富山藩（十万石）と大聖寺《だいしようじ》藩（七万石）を治めさせた。いわば、加賀越中四分の計を講じた鼻毛大名の英断が、前田家を雄藩として存続させる契機となった。

と、その程度の知識ならば、八郎兵衛でも持っている。

富山藩は立藩当初、日光廟《びょう》の手伝い普請やら自然災害やらがかさなり、とんでもない財政難に陥った。

火の車となった台所を救ったのが、粟粒《あわつぶ》大の丸薬「反魂丹《はんごんたん》」である。

第二代正甫《まさとし》の治世下にあたる元禄《げんろく》年間、癪《しゃく》の特効薬として全国津々浦々にひろまった。

八郎兵衛も印籠《いんろう》のなかに所持している。

――一人旅反魂丹とつれになり。

という川柳もあるほどで、これほど有名な丸薬もない。

江戸庶民の家々でも、丸薬のはいった大きな紙袋はよくみかける。

達磨《だるま》の描かれた赤茶けた袋で、居間の鴨居《かもい》などにぶらさがっていた。

薬袋は富山から出てきた顔馴染《なじ》みの売薬商が置いていき、丸薬を使用したぶんだけあとで料金を徴収される。店売りの薬は高価なだけに、こうした先用後利の置き売りという手法は喜ばれた。

農閑期の出稼ぎとしてはじめられた売薬行脚《あんぎや》は、富山の人々の本業へと変転していった。いまや、売薬商の数は二千人を超え、藩内に反魂丹役所が設置された文化年間以降、藩収は御役金《おやくきん》（上納金）だけでも年間五千両近くにのぼったという。

城下の町屋を歩いてみれば、すぐにわかる。

大路の左右には、薬種問屋が軒を並べていた。

紺地に白で屋号の染めぬかれた幔幕《まんまく》を間口に張り、威勢を競っているかのようだ。大黄《だいおう》、甘草《かんぞう》、附子《ぶし》、千振《せんぶり》、薄荷《はっか》、陳皮《ちんぴ》といった薬草類、反魂丹の主成分でもある熊胆《くまのい》をはじめ、犀角《さいかく》、虎骨《ここつ》、蝮《まむし》、眼病に効く八目鰻《やつめうなぎ》から精力剤の海狗腎《かいくじん》にいたるまで、ありとあらゆる製薬原料の匂いが芬々《ふんぷん》とただよってくる。

そうした薬種問屋のひとつへ、八郎兵衛はふらりと立ちよった。

「たのもう、誰かおらぬか」

前垂れの丁稚《でっち》小僧がぎょっとした顔で振りむき、返事もせずに奥へ引っこんだ。

すぐに手代《てだい》があらわれ、おずおず尋ねてくる。

「ご用件は何でござりましょう」

「おう、すまぬ。じつは手許不如意《てもとふにょい》でな」

発した途端、手代と小僧は「うえっ」という顔をした。

近頃の不景気で城下には不逞《ふてい》の輩《やから》がはびこり、住民たちはほとほと困っている。なかでも商家にとって厄介なのは物乞いだった。借りてきた老婆を背負い、門口で「親孝行でござい、親孝行」と喚《わめ》く者や、死神に憑《つ》かれたふりをして「死ぬ、死ぬ」

と叫びながら土間をころげまわる者など、江戸で寛政期《かんせいき》に廃《すた》れたはずの物乞いたちが見受けられるという。

八郎兵衛も、そうした連中の同類とみなされたのだ。

小汚い風体から推せば、なるほど、素寒貧《すかんぴん》の野良犬にしかみえない。

手代はさっと身を寄せ、八郎兵衛の手に小銭を握らせた。

「これでご勘弁を」

「なんのまねだ」

怒声を発して銭を投げつけるや、手代と小僧は悲鳴をあげる。

「めぐんでくれとは申しておらん。稼ぎ口が欲しいのだ。主人はおらぬか、呼んでこい」

有無をいわせぬ迫力に気圧《けお》され、手代は奥へ引っこんだ。

小僧は竹箒《たけぼうき》を手にとり、独楽鼠《こまねずみ》のように脇を擦りぬけてゆく。

しばらくすると、痩せた四十男があらわれた。

「主人は留守にしておりますが」

慇懃無礼《いんぎんぶれい》な態度だ。かちんとくる。

「おぬしは」

「番頭でございます」

「手代をしつけておけ。人を物乞いあつかいするなとな」

「これはご勘弁を。ですが、ついさきほども」

むさくるしい浪人風体の男が敷居をまたぐなり、腰のものを売りたいと居丈高《いたけだか》に申しでた。刀は先祖伝来の家宝、五郎入道正宗《ごろうにゅうどうまさむね》の高弟竹光《たけみつ》の手になる名刀だという。

番頭は断りきれず、金一朱で刀を買いうけ、浪人が去ったあとで本身を抜いてみた。

「それがなんと、正真正銘の竹光でございました」

「ふはは、愉快なやつではないか」

「迷惑なはなしでございます」

「儲《もう》けておるのだろう。甘くみてやれ」

「とんでもない」

七年前の天保二年春、富山城下は大火災に見舞われた。城の二ノ丸や三ノ丸を筆頭に寺社仏閣や民家など、一万有余もの家屋が灰になった。翌年からは不作凶作がつづき、雪達磨のように膨らんだ藩の借財は累計で三十万両を超えたという。

「藩の御蔵を、手前ども商人が支えねばなりません」

物乞いにめぐむ余裕などこれっぽっちもないと、番頭は力みかえる。

抹香《まっこう》臭い説法を聞かされているようで、どうにも居心地がわるくなった。が、職を得たいなら、もう少し粘るよりほかにない。

「反魂丹を売らしてはくれぬか」

と、切りだしてみる。

「ほれ、例の居合だ」

「ほれと申されても」

「居合だよ。居合抜きの長井兵助《ながいへいすけ》を知らぬとは言わせぬぞ。江戸は浅草寺《せんそうじ》の境内《けいだい》で床《とこ》店《みせ》をひらき、居合抜きをみせながら客寄せをやる。隣で売子が口上を述べ、反魂丹を売りさばくというあれさ」

「古い古い。それは、ひとむかしまえの手管《てくだ》にござります。それに、越中では客寄せなぞできますまい」

番頭は鼻白んだ顔をする。

反魂丹を知らぬ者など、越中にはただのひとりもいないのだ。

「それもそうだな。されば、用心棒はどうだ」

藩の台所が火の車なら、治安もよくないにきまっている。

どん底からは脱しつつあるものの、城下は不穏な空気にとりつつまれていた。趣向を凝らした物乞いなどはまだよいほうで、今は辻斬り強盗のたぐいが横行しつつあると、番頭は嘆く。

「だったら雇えばよい。夜盗に襲われてからでは遅いぞ」

「無理を仰《おつしや》いますな。手前どもの店は博打《ばくち》打ちの鉄火場とちがいます。商人《あきんど》が用心棒を雇えば世間さまに白い目でみられます。かえって盗人《ぬすっと》どもに怪しまれ、襲ってくれと公言するようなもの」

番頭の口上は、いちいち筋がとおっている。

「詮方《せんかた》あるまい」

八郎兵衛はあきらめ、つぎの店へ向かうことにした。

足を棒にして十数軒ほどまわってはみたものの、どこの店でも同様の対応を受け、体《てい》よく門前払いを食わされた。用心棒に雇ってくれる店など一軒もない。

——ごおん。

暮れ六つを報《しら》せる鐘が哀《かな》しげに響いている。

八郎兵衛は耐えがたいほどの空腹をおぼえた。

二

——ぎょっ、ぎょっ。

橙《だいだい》色の鳥が、人を小馬鹿にしたように鳴いている。

落葉松《からまつ》の枝にとまり、上下の嘴みあわぬくちばしで器用に松の実をほじくっているのだ。

「いすかだな」

世間の風は冷たい。いすかのくちばしと同じで、物事はうまくいかないようにできている。

それでも八郎兵衛は意地になり、店から店へ梯子《はしご》して歩いた。

「これで仕舞いにしよう」

心に決めて踏みこんだ店は、大暖簾《おおのれん》に『室戸屋《むろとや》』とある。

すでに陽も落ち、ひんやりとした風が吹きはじめていた。

丁稚小僧は店仕舞いに追われている。

「おい、小僧」

「へっ」

「番頭を呼べ」

強面《こわもて》で恫喝《どうかつ》すると、小僧は鉄炮弾のようにすっ飛び、店の奥へ消えていった。

どうせ、主人は出てこない。

と、おもっていたところへ、丹前を纏《まと》った恰幅《かっぷく》のよい五十男があらわれた。

「主人か」

両目が離れ、鰓《えら》は張り、どうみても平目である。

平目は鬢《びん》付け油で光った髪を撫《な》でつけ、帳場にきちんと正座した。

小僧に手焙《てあぶり》を持ってこさせ、右手を暖めながら喋《しゃべ》りだす。

「手前が室戸屋源右衛門《げんえもん》にござります。ご用件を伺いましょう」

「ふむ、いささか困っておる」

「と、申されますと」

「手許不如意でな。用心棒に雇ってもらえまいか」

「間にあっておりますな」

さすがに、大店《おおだな》の主人だけはある。

落ちつきはらった態度で、ぴしゃりと言われた。

あきらめるか。

いや、ここで退《ひ》くわけにはいかぬ。

「多少、腕におぼえがある」

「さようで。なれば、ご披露いただけますかな」

「お、みるか」

脈がある。

八郎兵衛の顔に赤味が差した。

源右衛門は丁稚小僧に命じ、陶の一合徳利と一合枡《ます》を持ってこさせる。

みずから徳利と枡を丸盆に載せ、上がり框《かまち》まで足を運び、両膝をたたんで正座するや、冷や酒をとくとく注《つ》ぎはじめた。

そして、徳利の注ぎ口をひょいと引きあげ、八郎兵衛をみるともなしに説明する。

「もういちど注ぎます。酒が枡から一滴も零《こぼ》れぬよう、徳利を斬っていただけますかな。では」

考える暇もあたえない。

盆に置かれた枡のなかに、酒がちょろちょろ注がれてゆく。

源右衛門との間合いは半間、二尺四寸の刃長に腕の長さをくわえれば、首を飛ばすのにちょうどよい。
八郎兵衛は呼吸《いき》を詰め、臍下《せいか》丹田《たんでん》に力を込めた。
間髪入れず、右腕を鞭《むち》のように撓《しな》らせる。
「ふん」
抜いた。
みえない。
風が奔《はし》る。
八郎兵衛の掌《てのひら》のなかで柄《つか》がくるっと旋回し、刀身は音もなく鞘《さや》に納まった。
中段の抜きうちから、白刃は斜めに斬りさげられたようだ。
徳利には、なんの変化もない。
源右衛門の手でかたむけられ、枡に酒を注いでいる。
ところが、すべて注ぎおわると、陶器の表面に亀裂が生じた。
括《くび》れた口が斜めにずれ、盆のうえにことりと落ちたのだ。
枡の表面に盛りあがった酒が、ぷるぷる震えている。
一滴も零れていない。
「お見事」

八郎兵衛の唇《くち》もとに、微《かす》かな笑みが洩《も》れた。

「子どもだましさ」

「ほ、さようで。手前には太刀筋《たちすじ》がみえませなんだ」

斬るほうも斬るほうなら、注ぐほうも注ぐほうだ。

室戸屋源右衛門、よほど豪胆な男とみてよい。

「おもしろいものをみせていただきました」

「雇う気になったかね」

「それほどの腕なら、金子《きんす》を積む価値はありましょう」

「ふむ、そうか」

「なれど、ご希望にはそえかねます」

「ん、なぜだ」

「まあ、そう気色《けしき》ばまずに」

源右衛門は袖口《そでぐち》に手を入れ、奉書紙に包んだ金子をとりだした。

嵩《かさ》がある。白い奉書紙には「金十両」と書かれている。

これを床にとんと置き、こちらに向かって滑らせる。

「見料《けんりょう》にござります。どうぞ、お納めくださいまし」

十両を携え、早々に引きとれというのか。

莫迦《ばか》にされたようで、八郎兵衛は口惜《くちお》しかった。

しかし、背に腹はかえられない。金子を拾い、苦い顔で袖に納める。

ちょうどそこへ、荷を担いだ小男が駈けこんできた。

「ごめんなさいよ」

「おや、駒造《こまぞう》さんかい」

「へえ、室戸屋はん。えろう遅うなって、すんまへんなあ」

「かまいませんよ。ささ、荷を解きなさい」

「へえ」

源右衛門に駒造と呼ばれた男は、大風呂敷を板間に降ろす。

耳が大きい。眸子《まなこ》の窪《くぼ》んだ赤ら顔は猿そっくりだ。

目が合った。

「ほう、えらい大きいおひとやなあ。六尺はおますやろ。ほれに肌の色艶もええ。湯あがりのようや」

上方訛《かみがたなま》りのお調子者だが、洞察力はなかなかのものだ。

駒造は訊かれもしないのに、ぺらぺら喋りつづけた。

「わて、大坂は道修町《どしょうまち》の薬売りですわ。室戸屋はんに人参やら熊胆《くまのい》やらを納めさせてもろうてます。よろしゅうに。ほんで、御武家さまは」

「伊坂八郎兵衛だ」

「その伊坂さまが、なんぞ室戸屋はんにご用でっか」

「用事は終わった」

「あらま」

駒造は黙り、源右衛門は奥へ引っこんだ。

入れちがいにあらわれた番頭が、猿を相手に商談をはじめた。

「おい、番頭」

「へ、まだなにか」

商談の腰を折られた番頭は、不機嫌な態度で口を尖《とが》らせる。

「こいつを、主人に返しといてくれ」

奉書紙に包まれた金子を渡すと、番頭は目をまるくする。

「よ、よろしいので」

「かまわぬさ」

八郎兵衛は猫背になり、渋い顔で『室戸屋』をあとにした。

「くそっ」

これも武辺者の意地というやつか。

なんとも口惜しいことをしたものだ。

場末の木賃宿《きちんやど》をさがし、安酒でも一杯引っかけて寝るとしよう。

八郎兵衛は石ころを蹴飛《けと》ばし、大路から露地裏のほうへ逸《そ》れた。

小唄を口ずさみながら歩いていくと、道端に植わった柳の陰に女の気配が立った。

三

白い細腕が揺れている。

「辻君《つじぎみ》というやつか」

化粧の濃い痩せた女だ。

姉さんかぶりにした手拭《てぬぐ》いの端を口に銜《くわ》え、腰をくねらせながら寄ってくる。

「旦那《だんな》、ひ、ひ、ひとときり三十二文でどう」

「掛け二杯ぶんか」

「お安いでしょ」

じつをいうと、掛け蕎麦《そば》二杯ぶんの銭もない。

「わるいな、またにしてくれ」

「ちっ」

とんだ声の掛け損だとばかりに、夜鷹《よたか》は舌打ちをかまし、柳の陰に消えていく。

夜ともなれば、冷えこみはまだ厳しい。

「綿抜きの袷《あわせ》一枚では寒かろうに」

などと、余計な心配をしたところへ、こんどは荒々しい跫音《あしおと》が迫ってきた。

相手は三人だ。月代《さかやき》を伸ばした浪人風体の痩せ犬どもで、狙いは察することができる。

「おい、待て」

吠《ほ》えたのは、頰《ほお》に刀傷のある男だ。

「みておったぞ。おぬし、『室戸屋』から出てきたな。金子を脅しとったであろう」

男は濁った眸子を剝き、肩を怒らせた左右のふたりともども躙《にじ》りよってくる。

「小汚ねえやつらめ」

八郎兵衛も同類にみえるが、おのれのほうがましだとおもっている。

「おぬし、いくら貰った」

「知りたいか」

「焦《じ》らすなよ」

「十両」

「ほっ、こいつは予想を超えた。狙った甲斐《かい》があったわい」

刀傷の男は仲間と顔をみあわせ、へらへら笑った。

「喜ぶのは早いぞ」

「どうして」

「十両は貰いそこねたからさ」

「嘘をこくな」

「屁《へ》ならこくが、嘘はこかぬ」

「なにを、この」

「抜くのか。抜けば死ぬぞ」

「黙れ」

三人は一斉に抜刀した。

腰の据わった構えから推すと、人を斬ったことがあるのだろう。

しかも、ひとりやふたりではない。

辻斬り強盗を生業《なりわい》にしている悪党どもにちがいない。

ならば、斬りすてたところで、罰《ばち》は当たるまい。

「でやっ」

踏みこみも鋭く、ひとりが突きを浴びせかけてくる。

ひらりと躱《かわ》し、足を引っかけてやった。

「ととと」

たたらを踏んだ男が、地べたに転ぶ。

「とあっ」

別のひとりが斬りこんできたところへ身を寄せ、鮮やかな抜き際の一撃で横腹を裂く。

男は「くえっ」と血反吐《ちへど》を吐き、身を捩《よじ》りながら倒れていった。

転んだ男が起きあがりざま、下段から臑《すね》斬りを仕掛けてくる。

「ほっ」

八郎兵衛は膝を折って飛びあがり、二尺四寸の白刃を大上段に振りあげた。

「ぬおお」

天地を揺るがす雄叫《おたけ》びとともに、渾身《こんしん》の一撃を振りおろす。

「うわっ」

相手は仰《の》けぞり、悲鳴をあげた。

頭蓋《ずがい》を狙った必殺の豪撃《こわうち》、白刃は月代に食いこみ、瞬時にして脳天を割る。

ぱっくりひらいた裂け目から、鮮血が飛沫《しぶき》となって噴きだした。

八郎兵衛は野太い首を捻《ひね》り、残ったひとりを睨《にら》みつける。

刀傷の男は刀を青眼《せいがん》に構え、両腕をぶるぶる震わせた。

「……ま、待ってくれ」

「なにを待つ」

「立山に行けば……か、稼ぎ口がある。天狗《てんぐ》じゃ、天狗」

「なにをほざいておる」

「聞いてくれ。貴公ほどの腕前なら、天狗も雇う」

「天狗が人を雇うものか」

「雇うという噂《うわさ》を聞いた。山中地獄の防人《さきもり》になれば、酒も女ものぞみ放題とな」

「山中地獄の防人だと」

「そうじゃ。盗まれた御用金がどこかに隠されておるらしい」

「ほう」

八郎兵衛の眉が、ぴくっと反応する。

「鵜呑《うの》みにはできぬな」

「信じてくれ。芦峅寺《あしくらじ》の善七《ぜんしち》を訪ねればわかる。紙漉《かみす》き職人じゃ」

「そいつも誰かに聞いたはなしなんだろう」

「真偽をたしかめてみる価値はある。そうじゃろう」

「どうだか」

「悪い話じゃない。助けてくれ、な」

八郎兵衛はぶんと血を切り、刀を鞘に納めた。

と同時に、刀傷の男が動いた。

「いやっ」

鬼気迫る顔で喚《おめ》き、八相の構えから斬りつけてくる。

「莫迦め」

擦れちがいざま、八郎兵衛は抜いた。

太刀筋はみえない。

一陣の風が奔りぬけた。

徳利の首を斬るよりも、容易であったかもしれない。

「がはっ」

男は顎を突きだし、双眸《そうぼう》を瞠《みは》った。

喉もとの皮膚が真横に裂け、赤い月輪のようにひらいた。

鮮血が斜めにほとばしる。

ちぎれた首は薄皮を伸ばし、背中のほうへずりおちていった。

首を無くした男は二、三歩前へ進み、石に躓《つまず》いて倒れる。

八郎兵衛は一滴の返り血も浴びていない。

異様に喉が渇いた。

鉛を呑んだように、心が重い。

屍骸《むくろ》を残して去りかけると、女がつんのめるように追いかけてきた。

「ちょっと待ちなよ。ねえ、ねえってば」

さきほどの夜鷹だ。小脇に菰《こも》を抱えている。

「なんか用か」

「どうしてくれんのさ。縄張りが穢《けが》れちまったじゃないか」

「それはすまぬな」

「行っちまおうってのかい」

「銭はないといったはずだ」

「ふん、いらないよ。只《ただ》にしといてあげる」

「気前がよいな」

「悪党どもを退治してくれたかわりさ。それとも、あたしなんかじゃお嫌《いや》かい」

美人ではないし、若くもない。ひどくうらぶれてはいるものの、訴えかけるような眼差《まなざ》しに熱いものを感じる。

八郎兵衛はその気になった。

もっとも、相手は誰であろうと構わない。

誰かを斬ったあとは、どうしようもなく女が抱きたくなる。

つかのまの快楽《けらく》に溺《おぼ》れ、罪業から逃れたいからなのか。

呵責《かしゃく》を紛らわすために女をもとめ、虫のように蜜液を啜《すす》りながら来し方を忘れさろうとする。

だが、忘れさろうとすればそれだけ、過ぎ去った日々はまとわりついてくる。

逝《い》った者たちの怨念《おんねん》に冒され、毒でも呑まされたように全身が気怠《けだる》くなるのだ。

「あんた、どうするのさ」

夜鷹は背伸びをし、化粧の剝げかかった顔を寄せてきた。

八郎兵衛はものも言わず、肋骨《あばら》のめだつ痩せたからだを抱きよせた。

「あっ」

ぽってりした朱唇《くちびる》を吸い、舌を捻《ね》じこんで絡《から》ませる。

夜鷹の手もとから、菰が転げおちた。

四

——立山に行けば稼ぎ口がある。

首を無くした男の台詞《せりふ》は、八郎兵衛を縛りつづけた。

「ふん、莫迦らしい」

立山の天狗、山中地獄の防人、盗まれた御用金。どれもこれも眉唾なはなしばかりだ。助かりたい一心で苦しまぎれに吐いたとしかおもえない。

が、どうにも気になって眠れなかった。

夜鷹は色褪《いろあ》せた一枚の絵図を後生大事に携えていた。

立山曼陀羅《まんだら》である。

数年前、芦峅寺の御師《おし》に開山縁起や地獄説話を懇々と聞かされ、購入したものらしい。

「これが極楽。ほら、これが阿弥陀さまのご来迎」

絵図には地獄と極楽が描かれていた。

僧侶たちが女人救済の布橋灌頂《ぬのはしかんじょうえ》会をとりおこなう模様も克明に描写され、芦峅寺へ参詣すれば、零落した女の身にも極楽往生が約束されるのだと、夜鷹は瞳を輝やかせる。

ただし、夜鷹は今のところ参詣する勇気はないという。

穢れを祓《はら》い、清い身となったあかつきには、一切の煩悩《ぼんのう》を捨てさらねばならない。食うためとはいえ、男漁《おとこあさ》りを繰りかえせば神仏の罰が当たるにきまっていると、頭から信じきっていた。

乳色の朝靄《あさもや》がたちこめるなか、八郎兵衛はそっと菰から抜けだした。

夜鷹の寝息を背にしつつ、薄明の城下を南東へ向かう。

城外へ四里も進めば、岩峅寺《いわくらじ》へたどりつく。

さらに、二里ほどのところに芦峅寺があった。

大汝《おおなんじみね》峰を主峰とする立山は、富士山や白山と並ぶ日本三霊山のひとつだ。

霊山を祀る雄山《おやま》神社は、山頂の上社《かみ》（峰本社《みねほんしゃ》）と芦峅寺にある中社《なか》（祈願殿）と岩峅寺にある下社《しも》（前立社壇《まえだてしゃだん》）の三社からなる。主神は伊弉諾 尊《いざなぎのみこと》、本地仏は阿弥陀如来とされ、杉の巨木を背にした祈願殿では盛夏に奉納の舞いがおこなわれる。登攀《とうはん》口の芦峅寺から頂上の奥宮までは七里足らずだが、峨々《がが》とした岩山の屹立《きつりつ》する行者道にほかならない。万葉の時代にも「すめ神の領《うしは》き座《いま》す多知夜麻《たちやま》」と謳《うた》われ、都にもっとも近いこの世の地獄と畏怖《いふ》された。濛々《もうもう》と硫黄《いおう》のたちこめる壮絶な風景は、まさしく山中地獄と呼ぶにふさわしい。

八郎兵衛は飛ぶように駈け、午刻までには芦峅寺の山門をくぐっていた。空腹を抱えて鬱蒼《うつそう》たる杉林に囲まれた参道を進むと、竹箒を手にした若い僧があらわれて宿坊に案内してくれた。

宿坊では蕎麦を馳走《ちそう》になり、回壇《かいだん》と呼ぶ立山曼陀羅の絵解き勧進《かんじん》を受け、立山への登拝《とうはい》をつよく薦《すす》められた。夜鷹も言ったとおり、芦峅寺では秋の彼岸になると女人救済の布橋灌頂会が催される。そのためか、女人のすがたがちらほらみえ、なんとなく落ちつかない気分だった。

宿坊に住まう者は衆徒と称され、僧侶と神官を兼ねる。御師として諸国の檀那場《だんなば》を巡り、曼陀羅絵解きや霊薬を配布しながら勧進もやる。

売薬商の置き売りは、御師の勧進行脚から着想を得たものという。もちろん、八郎兵衛の狙いは神仏に帰依《きえ》することでもなければ、霊山に登攀することでもない。

罰当たりにも、金の生《な》る木をさがしている。

紙漉き職人の善七なる男の所在を聞きだすと、早々に宿坊をあとにした。

善七は鄙《ひな》びた山村に庵《いおり》を結び、和紙を漉いていた。

富山城下の近在は和紙生産の盛んなところで、紙は主に売薬商がおまけにつかう絵《え》紙《がみ》の材料になる。

絵紙とは、色鮮やかな役者絵などを模写した版画のことだ。行く先々で子供たちに喜ばれ、富山売薬商の代名詞にもなっている。下絵の製作から彫り、刷りにいたる全工程が藩内で賄われ、和紙生産もそうした流れの一環にあった。

善七は鬢《びん》に霜のまじった頑迷そうな老爺《ろうや》で、八郎兵衛が訪ねた事情をはなしても胡《う》乱《ろん》な目を向けるだけだった。

「立山に天狗なんぞはいねえし、防人だの御用金だのと言われても、なんのこったかさっぱりわからねえ。帰《け》えってくれ」

素っ気なくあしらわれ、とりつくしまもないまま外へ出た。

と、そこへ、薪《まき》を担いだ娘が汗を拭きながらもどってきた。

「おいでなされまし」

娘は丁寧《ていねい》に頭をさげ、荷を重そうに背負いなおす。

八郎兵衛は駈けより、背負子《しょいこ》を降ろしてやった。

「かたじけのうござります」

なにやら、武家娘のような物言いだ。

「孫娘どのか」

「はい。ゆりと申します」

「おゆりどのか。よい名だ」

娘は、ぽっと頬を染めた。

齢は十七、八であろう。年頃の娘だ。

鄙に置いておくにはもったいない。

よくみれば、美しい面立ちをしている。肌も白い。山仕事には不向きな感じだ。

「これ、おゆり。なにを喋っておる」

背後から善七に一喝され、八郎兵衛は首をすくめた。

おゆりはうつむいたまま、裏手のほうへ走りさる。

「金輪際、孫娘にはかまわねえでくれ」

善七は吐きすて、くるっと踵《きびす》を返した。

「糞爺《くそじじい》め」

かまうなといわれれば、反対のことをしたくなる。

へそまがりの男を焚《た》きつけるのは難しいことではない。

しかも、おゆりの言葉遣いといい、善七の頑《かたく》なすぎる態度といい、どこか怪しい。

なにか事情があるなと、八郎兵衛は直感した。

善七か、おゆりか、金の生る木を摑《つか》むには、どちらかを籠絡《ろうらく》せねばなるまい。

「はあて、どうするか」

策を練りながら歩んでいくと、人気《ひとけ》のないだらだら坂の登り口で長身痩軀《そうく》の男が待ちかまえていた。

月代を綺麗に剃った気難しそうな男だ。

紋のない濃紺の着物を纏《まと》い、洒落《しゃれ》た横縞《よこじま》の帯に黒鞘の大小を差している。

「ん」

大刀の拵《こしら》えに顕著な特徴をみつけた。

厚手の牛革で包んだ長い柄と極端に小さな鍔《つば》、実用一点張りの薩摩《さつま》拵えにほかならない。

本身は、抜かずとも見当がつく。

「同田貫《どうたぬき》か」

まちがいあるまい。

物腰から推せば、かなりの遣い手であろう。

策を練るまでもなく、天狗のほうからお出ましになったというわけだ。

「おぬし、善七になにか用か」

同田貫の男は、抑揚のない調子で語りかけてきた。

間合いは二間、八郎兵衛は足を止め、さぐるように応じてみせる。

「山中地獄に防人の稼ぎ口があると聞いた」

「誰に」

「知らん。頬に刀傷があったな」

「そやつはどうなった」

「首と胴が離れたさ」

「殺《や》ったのか」

「まあな」

「その面相。なるほど、おぬしは徳利を斬った男か」

「ほう、驚いた」

徳利を斬ったはなしが、こうも早く噂でひろまるはずはない。

となれば、男は室戸屋源右衛門と関わりがあることになる。

「あの商人、とんだ食わせ者のようだな」

「くふふ、頭の回転も速いらしい」

「雇うか」

「ふむ、よかろう。だが、酒も女ものぞみ放題というわけにはいかぬぞ」

「かまわぬさ。ひとつ訊かせてくれ」

「なんだ」

「天狗ってのは、あんたのことか」

「ちがう。まあ、従《つ》いてこい」

八郎兵衛は男と肩を並べた。

近くに寄ってみると、存外に胸板が厚い。

人斬り特有の臭《にお》いが濃厚にただよってくる。

隙をみせたら危ういなと、八郎兵衛はおもった。

五

爆音が耳をつんざいた。

落差日本一の大瀑布《ばくふ》が、樹木の狭間《はざま》にあらわれたのだ。

「称名滝《しょうみょうだき》さ」

と、男は笑う。

雄大にして清冽《せいれつ》。

瀑布は雪解けの水をあつめ、猛然と谷底に落下していく。

八郎兵衛は飛沫に顔を濡《ぬ》らしながら、おもわず足をすくませた。

立山の頂上までは二里足らず、このさきの弥陀ヶ原《みだがはら》はまだ雪に覆われている。

厳冬期にみられる地吹雪はおさまったものの、向こう半月余りは奥宮へ達することもままならない。それでも、雪山を登る行者がいると聞き、八郎兵衛は驚かされた。

「足もとに気をつけろ」

男にみちびかれたところは、行者が修行場として使う古い岩屋のひとつだった。

切りたった断崖の中腹に穿《うが》たれた横穴で、千年以上もまえに掘られたものらしい。

横穴に通じる道は岩肌を削って横木を繋《つな》げただけの隘路《あいろ》にほかならず、足を踏みはずせば奈落が口を開けている。

八郎兵衛はなるべく下をみないようにしながら、岩肌に沿って隘路を渡りきった。

岩屋は間口こそ狭いものの、奥行きは相当にある。

どうやら、山中に築かれた隠れ家へ通じているようだった。

「小屋の者たちには喋りかけるな。余計な詮索《せんさく》は命を縮めるもとだ」

「待て。おぬし、姓名くらいは教えろ」

「吉岡馨之介《よしおかけいのすけ》。ほかの連中の名は訊くな」

「わかったよ」

隠れ家の山小屋は、濃霧に包まれていた。

あとで知ったことだが、たとえ霧が晴れても地上から小屋へたどりつく道は無きに等しい。

岩肌に木の根の絡みつく獣道、屏風《びょうぶ》岩の屹立する急峻《きゅうしゅん》な崖、鬼の噎《むせ》びなく吹きさらしの谷、瘴気《しょうき》のたちのぼる底なし沼など、まさしく立山曼陀羅に描かれた山中地獄のただなかに小屋は築かれ、岩屋の隧道《ずいどう》をたどる以外に道は存在しなかった。

建物は頑強なつくりで、丸太を組んだ骨組みの内側は土壁で塗りつくされている。

広々とした土間は大半が木箱で埋まっていた。隅におおきな竈《かまど》があり、寝食を兼ねた板間からは梯子《はしご》をつかって屋根裏へのぼることができる。冬は一階がすっぽり雪に埋もれるので、屋根の天窓から出入りするらしい。

吉岡馨之介の仲間は、七、八人におよんでいた。

いずれも、屈強な男たちだ。

出入りは頻繁で、夜には数が増え、朝になるといずこかへ散っていく。最低でも三人はかならず小屋で待機するように命じられており、なかには野良着姿で弓を担ぎ、野鳥を捕獲してくる者もあった。

猪《いのしし》などの大物を射止めたときは、解体した肉に塩をまぶして乾燥させ、保存食用に貯《た》めこんでおくらしい。

酒は呑んでも、無駄口を叩く者はいない。

誰ひとりとして名乗らず、喋りかけても軽くうなずくだけだ。

発することばは「食え、寝ろ、黙れ」といった短いものだけ、仲間同士でも滅多に会話を交わさない。

侍にはまちがいないのだが、吉岡のように月代を剃ることもなく、いずれも濃い髭《ひげ》をたくわえていた。

八郎兵衛は三日三晩、そうした連中と過ごした。

吉岡はどこかへ消え、二日目からはすがたをみせなくなった。

八郎兵衛は誰からも指示をあたえられないまま、囲炉裏端で退屈なときを過ごさねばならなかった。

ただ、わかったことがふたつある。

ひとつは、男たちの発することばの端々に独特の訛りがあることだ。

「薩摩だな」

訛りを悟られたくないがために、できるだけ会話を交わさぬようにしているのだ。

それと気づいて注意深く眺めてみると、ほとんどのものが吉岡とおなじ薩摩拵えの刀を携えていた。

さらにもうひとつ、八郎兵衛は土間に堆《うずたか》く積まれた木箱の中身に注目した。

あきらかに、男たちは木箱を守るように命じられている。

だが、厳重に密封された木箱の中身は「盗まれた御用金」などではない。

「塩硝か」

臭いでわかった。

塩硝は火薬の原料にほかならない。

土間に蓄積されているだけでも、相当な分量になるだろう。

薩摩と塩硝か。

文字どおり、焦臭《きな》い。

元隠密廻りの嗅覚《きゅうかく》は、陰謀の臭いを嗅《か》ぎとっていた。

六

四日目の朝、吉岡馨之介がふらりと呼びにおとずれ、八郎兵衛は山を降りた。

富山城下を通過し、川船で神通川をくだる。

たどりついたさきは、河口にある東岩瀬《ひがしいわせ》の湊《みなと》だった。

湊には廻船問屋が軒を並べ、船着場では沖荷役たちが忙《せわ》しなくはたらいていた。

入り江を埋めているのは蝦夷地と大坂を往復する北前船で、五百石以上の大型船もみえる。

東岩瀬は隣接する滑川《なめりがわ》ともども、西廻《にしまわり》航路の重要な中継地点にほかならなかった。

八郎兵衛は吉岡にともなわれ、廻船問屋『小池屋《こいけや》』の暖簾をくぐった。

吉岡は番頭に目配せし、業者や荷担ぎで賑《にぎ》わう表口から裏手の離室《はなれ》へ踏みこんでいく。

離室で待っていたのは、薬種問屋の室戸屋源右衛門であった。

「吉岡さま、お待ちしておりましたぞ」

平目のような顔で挨拶し、室戸屋は八郎兵衛に笑みをかたむける。

「伊坂さまとは初対面ではありませんな、うほほ」

吉岡と室戸屋の関わりは定かでないが、通り一遍のつきあいではなかろう。

「利害をともにする同志とでも申しましょうか。ま、詳しいことはおいおいに」

教えてくれるつもりなのか。

八郎兵衛は軽くあしらわれ、渋茶と落雁《らくがん》なぞをすすめられた。

しばらくして、『小池屋』の主人と称する中年男が挨拶におとずれた。

異様な腰の低さや話しぶりから推すと、廻船問屋を牛耳《ぎゅうじ》っているのは室戸屋のようだ。吉岡はほとんど口を利かず、室戸屋だけが快活な口調で差しさわりのないことを喋りつづけている。

八郎兵衛は吉岡に「暮れ六つまで待て」と命じられていたので、余計な詮索を控えて茶を何杯も所望《しょもう》した。

新たな北前船の到着が告げられ、ようやく三人は腰をあげた。

杏色《あんずいろ》の夕照を背に入港してきたのは、三百石積みの立派な帆船だ。

栈橋が夕闇に閉ざされるなか、沖荷役たちは一斉に荷降ろしを開始した。

「あの荷は」

八郎兵衛の問いかけに、室戸屋は念仏でも唱えるように応じてみせる。

「大黄、甘草、附子、千振、薄荷、陳皮、熊胆、犀角、虎骨、海狗腎、ありとあらゆる製薬原料が詰まっております。ほほ、驚かれたかな」

「別に」

売薬問屋が薬種を仕入れているだけのこと、驚くはなしではない。

だが、室戸屋の説明を聞くうちに、八郎兵衛の動悸《どうき》は高鳴りはじめた。

「犀角や虎骨といった高価な代物は、清国から渡ってまいります。長崎から大坂へもたらされ、ようやくにして富山へまわってくる。大坂商人を介せば、手間賃をふんだくられる。これが莫迦にならぬ金額でしてな。ところが、あそこに積まれた荷に関しては余計な出費を掛けずに済む。なにせ、長崎も大坂も経ずに琉球《りゆうきゆう》からもたらされた代物ですからな」

「なに、琉球からだと」

抜け荷の品なのだ。

富山藩の管轄内で、堂々と抜け荷がおこなわれているのである。

商売相手は薩摩なのだろう。琉球を仲立ちにして清国と貿易のできる藩は、薩摩以外にない。

八郎兵衛も、噂には聞いたことがあった。

昨今、越中や越後など日本海沿岸の湊では抜け荷の横行がみられ、幕府大目付支配の隠密なども探索に乗りだしているという。

一部商人の抜けがけなのか。それとも、藩ぐるみの画策なのか。

後者であったならば、幕府にとっては捨てておけない一大事に発展する危うさを孕《はら》んでいる。

だが、不浄役人の役目を辞した八郎兵衛にとって、抜け荷の実態を暴《あば》く行為はなんの意味も持たない。稼ぎ口をもとめて『室戸屋』に飛びこみ、金の生る木をさがして吉岡に近づいた。相応の報酬さえ手にできれば、詮索するつもりは毛頭ない。

それでよいのかと、自問自答してみる。

熾火《おきび》のように燻《くすぶ》りはじめたのは、とんと忘れかけていた正義であろうか。

八郎兵衛の逡巡《しゅんじゅん》を見透かしたように、吉岡が重々しく口をひらいた。

「おぬしに人をひとり斬ってもらう」

暗い海をみつめる吉岡の横顔は、冷ややかな笑みをたたえている。

「否とはいわせぬ。伊坂よ、おぬしは知りすぎた」

「よかろう。報酬は」

「ふふ、報酬か。そうよな、一夜の夢とでも申しておこうか」

「一夜の夢。どういうことだ」

「損はさせぬ。あとの楽しみにしておけ」

報酬などよりも、斬撃《ざんげき》する相手の素姓が知りたい。

しかし、吉岡の横顔は一切の詮索を拒んでいる。

素姓も知らぬ相手を、斬ることはできるのか。

できるのか。

栈橋には抜け荷の品が堆《うずたか》く積まれ、空船には新たな荷が積みこまれていった。

積みこまれる荷のなかには、蝦夷地に産する昆布などが大量に詰まっている。

あるいは、塩硝などもふくまれているのにちがいない。

こうした品々は薩摩にもたらされ、銀や弾薬に化ける。

無論、幕府には一銭の利益もあがってこない。

「ふん、とんだ連中に関わったたな」

八郎兵衛は内心、困りはてていた。

七

東岩瀬は越中路の街道筋にもあたっている。

戌《いぬ》ノ刻《こく》から半刻《はんとき》余り、八郎兵衛は宿場の棒鼻《ぼうはな》で斬殺する相手を待った。

吉岡ともども、枝垂《しだ》れ柳《やなぎ》の陰に隠れている。

往来を挟んで目のまえには木賃宿があり、旅人の影がちらほらみえた。

「おぬしが斬る相手は、あの宿に戻ってくる」

かたわらの吉岡が無表情で告げた。首尾をみとどけるつもりのようだ。

――自分でやれ。

という台詞が、喉もとまで出かかった。

物腰から推しても、吉岡は尋常ならざる剣の遣い手だ。わざわざ、素姓の怪しい浪人者を使う必要はなかろう。使うからには、それ相応の理由があるはずだ。

気に入らぬ。

善人か悪人かも教えられず、誰かを斬らねばならぬのか。

八郎兵衛はたまりかね、詰まらぬ問いを口にした。

「吉岡どの」

「なんだ」

「斬る相手のことだが、そやつは悪党なのか」

わずかな沈黙が流れ、吉岡はふっと笑った。

「悪党でなければ斬れぬと申すのか。おぬし、みかけによらず甘い男だな。ふん、相手の素姓を知ったところでどうなる。非情に徹しきれぬようなら、刺客稼業なんぞはやめちまえ」

八郎兵衛は返すことばもなく、渋い顔をつくった。

口をへの字に曲げ、みるともなしに往来をみる。

荷を背負った小柄な行商が、暗がりからあらわれた。

「あの男だ。まちがいない」

「行商だぞ」

「それがどうした。殺れ」

八郎兵衛は吉岡に尻を叩かれ、相手の背中に近づいた。

行商は荷を背負いなおし、狭い歩幅で足を進めていく。

周囲をみた。人影はない。

「おい」

呼びとめ、振りむいた男の猿顔に八郎兵衛はぎょっとした。

「……お、おぬしは」

「なんや、おまはんか」

猿は親しげに笑い、唇《くち》もとに皺《しわ》を寄せた。

「どないしたんや、ごっつう恐《こわ》い顔やで」

斬らねばならぬ相手というのは、『室戸屋』で出会った大坂商人なのだ。

たしか、名は駒造。

頭が混乱しかけた。

「けったいな侍やなあ」

駒造は「ひょっこらしょっ」と、地べたに荷を降ろす。

降ろすと同時に、奇妙な行動に出た。

すぼめた口に細長い筒をくっつけ、ふっと吹いてみせたのだ。

吹き矢か。

毒の塗られた三角の鏃《やじり》が、双眸を狙って飛んでくる。

「くっ」

仰けぞった。

咄嗟《とっさ》に鏃を躱し、八郎兵衛は刀を抜きはなつ。

駒造は軽快に蜻蛉《とんぼ》を切り、後方へ逃れた。

「こやつ、隠密か」

どうやら、隠密退治の片棒を担がされたらしい。

「へいやっ」

八郎兵衛は小太刀を抜き、無造作に投擲《とうてき》した。

白刃は回転もせずに闇を裂き、駒造の尻に刺さる。

「ぬひぇっ」

すっころんだ猿のもとへ、小走りに駈けよせた。

「くそっ、死んでたまるか」

駒造は立ちあがり、尻から抜いた小太刀を投げつける。

八郎兵衛は易々《やすやす》と躱し、大刀を横薙ぎに一閃《いっせん》させた。

「ねい」

鋭利な刃は撓《しな》りながら、駒造の首に食いこんでいく。

と、みえた瞬間、くるっと峰にかえされた。
「きょっ」
駒造は白目を剝き、その場にくずおれる。
「赦《ゆる》せ」
首筋を打ち、昏倒させただけだ。
よもや、死ぬことはあるまい。
吉岡に勘づかれないことを祈った。
八郎兵衛は小太刀を拾い、枝垂れ柳の根もとへもどる。
すでに吉岡のすがたはなく、捻《ひね》り文《ぶみ》の結ばれた笄《こうがい》が幹に刺さっていた。
文をひらいてみる。
――首尾は上々とお見受け候　河岸の魚屋《ととや》にて待つ
と、達筆な文字で記されてあった。

八

河岸の『魚屋』とは、東岩瀬の場末にある船宿のことだった。

二階部屋で待っていたのは吉岡ではなく、うら若い娘だ。

「おゆりどのか」

八郎兵衛は小鼻をぷっと膨らませ、喘《あえ》ぐように洩らした。

薪を担いでいた娘とは、まったくの別人にみえる。

「ゆりのこと、おぼえておいでだったのですね」

「無論だ」

つぶし島田に結った髪のせいか、妙に艶《なま》めかしく大人びてみえた。

着物の色は鮮やかな紫地で帯は梅染、裾模様には黒百合《くろゆり》が咲きみだれている。

薄化粧のほどこされた顔のなかで、唇もとに点《さ》された紅の色が映えていた。

朱唇《くちびる》が蕾《つぼみ》のように弾けた途端、八郎兵衛はくらりとなった。

「みちがえたな」

「そんな、恥ずかしい」

豊頰《ほうきょう》を染める仕種《しぐさ》がまた、なんとも可愛らしい。

吉岡の言った「一夜の夢」とはこのことであったか。

六帖間には酒膳が支度され、おゆりは馴《な》れない手つきで酌をしはじめた。

「おっと」

なみなみと注がれた盃に口をつけ、くいっとひと息に呷《あお》る。

「まあ、勇ましい呑みっぷり」

などと、おゆりは粋筋《いきすじ》の芸者のような口振りで微笑《ほほえ》む。

二杯、三杯と注がれ、有頂天になりつつも、面《おもて》には出さない。

「わからぬ」

「なにがでござりますか」

「あの善七どのが、こうした所業を赦すとはおもえぬ」

「お爺さまは知りませんよ」

「やはりな」

「ゆりの一存でまいりました。ご案じめさるな」

「さようか」

嘘でも嬉しい。

吉岡との仲を質《ただ》すのはやめておこう。

「それにわたし、お爺さまと血の繋がりはありませぬ」

「え」

おゆりは善七を、養父のようなものだと説明した。自分はとある名家の血筋を引く者らしいのだが、まことのところはわからない。家は二百年以上もまえに落ちぶれ、浅からぬ関わりのあった善七の手もとに系図だけが残されているという。

「系図にそなたの名があるのか」

「はい。幼い時分に亡くなった母の筆になるそうです」

「ほほう」

「黒百合の伝説はご存じでしょうか」

「いや、知らぬ」

織田家の重臣として北陸に名を馳《は》せた佐々成政《さっさなりまさ》の愛妾《あいしょう》に、黒百合という美姫があった。そもそもは京の公家に繋がる名家の出で、富山城下随一の美女との誉《ほま》れも高かった。ところが、何者かの策謀で密通の嫌疑を掛けられ、佐々家の家来に斬首《ざんしゅ》されてしまったのだという。

黒百合は首を落とされる際、怨《うら》みがましい台詞を吐いた。

「立山に黒百合の咲くころ、佐々の家は滅びるであろう」

事実、太閤秀吉《ひでよし》の命《めい》で越中から肥後《ひご》に移封させられた佐々成政は、ほどなくして切腹の憂き目に遭う。

一方、市井《しせい》では鬼女とも囁かれた黒百合は、斬首される直前に女子《おなご》をひとり産みおとしていた。善七の所有する系図には、その女子にはじまる子孫の名が連綿と記されているというのだ。

「佐々成政といえば泣く子も黙る戦国の豪傑。そなたは剛毅《ごうき》な武将の血を引いておるのか」

「わかりませぬ」

黒百合が密通をはたらいていたとすれば、成政の子孫でない公算も大きい。

いずれにしろ、おゆりは天涯孤独の身の上、子を産まねばおのれの代で系図も終わってしまうと嘆く。

なにやら、雲行きがおかしくなってきた。

「ゆりは、お強い殿方の胤《たね》が欲しいのでござります」

「おいおい。藪《やぶ》から棒に、そんなはなしをされても困る」

「ゆりのことがお嫌いなの」

「まさか」

「なれば、ご遠慮せずに」

「抱けと申すか」

「はい」

相手が子を産みたい女となれば、心構えもちがってこよう。

厄介なはなしだ。

八郎兵衛は苦笑しつつ、手酌で酒を呷りはじめた。

待てよ。

おゆりの言を、そのまま信じてもよいのだろうか。

でたらめかもしれぬ。

だいいち、野良犬同然の素浪人に、うら若い娘が一目惚れするわけはない。

どう考えても、というより、考えるまでもないのだが、はなしがうますぎる。

うまいはなしには裏がある。

おゆりは、吉岡の差しがねで寄こされた娘にすぎぬのだ。

「伊坂さま」

「ん、なんだ」

「あなたさまは、優しくしてくださりました」

「え」

「あのとき、背負子を降ろしてくれたではありませぬか」

「そうであったかな」

忘れるわけがない。

「ああ、美味しい」

いつのまにか、おゆりも手酌で呑んでいる。

呑みなれぬせいか、頬は桜色に染まり、いっそう艶めいた表情に変わってくる。

「眠うござりますか」

などと甘えられ、八郎兵衛はまたくらりときた。

隣部屋からは、沈香《じんこう》の匂いが洩《も》れている。

襖《ふすま》を開ければ褥《しとね》がのべてあり、枕がふたつ並べてあるのだろう。

「一夜の夢か」

少しばかり、酔いがまわってきたようだ。

やおら腰をあげ、おゆりのからだを軽々と抱きあげた。

「よいのか、わしで」

「はい。優しゅうしてくだされ」

「おう」

八郎兵衛はぶっきらぼうに応じ、爪先でたんと襖を開けた。

九

午刻まで寝惚け、宿酔《ふつかよ》いの重いあたまで起きてみると、おゆりのすがたは消えていた。

枕元には奉書紙に包まれた金子が置かれ、表に墨文字で「十両」とある。

なんのことはない。

『室戸屋』で貰いそこねた見料だった。

金子に添えられた置き手紙をひらくと、吉岡馨之介の達者な筆《て》で「関わり無用」と記されてある。

要するに、役目の終了を告げる通知なのだ。

一夜の夢をみさせてやったのだから、黙って十両を受けとり、なにもかも忘れてしまえという恫喝《どうかつ》にも受けとられる。

抜け荷の件は忘れてもよいが、おゆりの柔肌《やわはだ》は忘れられない。

「一夜の夢か……」

おゆりは帯を解いた。

おもわせぶりな仕種で櫛笄《くしこうがい》を外すと、黒いさげ髪が肩に落ち、磁器のように白い肩から襦袢《じゆばん》がするっと抜けおちた。

すべらかな肌は桃色に上気し、光沢を放っていた。

谷間に咲く百合のように、凜《りん》とした気高さもあった。

菩薩《ぼさつ》だなと、八郎兵衛はおもった。

やはり名家の血筋なのか、触れるのすら恐れおおい気がした。

「……やはり、夢であったか」

八郎兵衛は虚《むな》しい心持ちで船宿をあとにし、一膳飯屋で迎え酒を呷った。

行く当てもないまま、漫然と城下をめざして歩きはじめる。

水の温《ぬる》みはじめた池のなかから、睡蓮《すいれん》が芽を伸ばしていた。

音もなく降る雨は春雨だろうか。濡れても寒さは感じない。

川沿いの一本道を進むと、道端に屈《かが》んだ男がすっと腰をあげた。

「おぬしは」

行商に変装した隠密、駒造であった。

脚を引きずり、ゆっくり近づいてくる。

八郎兵衛は腰を落とし、吹き矢の攻撃に備えた。

「心配せんでええ。訊きたいことがあるだけや」

「訊きたいこと」

「つきあってくれへんか」

駒造はさきに立ち、縁台をならべた水茶屋へ向かった。

襷掛《たすきが》けの可愛い娘に手を振り、衝立《ついたて》の奥に席をつくってもらう。

駒造は痛めた尻をかばって座り、注文した小豆餅《あずきもち》を食いつつ、茶をがぶっと呑み、落ちついたところで喋りだした。

「おまはん、何者や」

「みてのとおり、ただの浪人さ」

「なんで、わいを助けたのや」

「助けられたとおもったのか」

「ああ、そうや。目え醒ましたら、首と胴が繋がっておったわ。おまはん、ご同業やないのんか」

「同業とは」

「水臭いやっちゃ。隠密なのやろ。どっちや」

「どっちとは」

「大目付のほうか。それとも、藩の御用部屋のほうか」

「ほほう、隠密にもふたとおりあるわけだな」

「ったく、惚《とぼ》けるのもええかげんにせい」

「おぬしはどっちだ」

「わてか。ほりゃ大目付のほうや、きまっとるがな」

駒造は胸を張り、ふたつめの小豆餅に手を伸ばす。

どうやら、甘いものが好きらしい。

八郎兵衛は嘘を吐《つ》いた。

「わしは御用部屋のほうだ」

「ほなら、利保《としやす》さまの配下やな。馬廻り衆か」

「ああ」

「どうりで、強いはずや」

利保は富山藩の藩主（第十代）だ。幕府《こうぎ》の大目付と富山藩の藩主側近が、別々の道筋から抜け荷の探索にあたっているらしかった。

「証拠固めも佳境やさかいな、こっからは協力せなあかんで」

「そいつはどうかな。あんたらがさきに証拠を摑めば、藩の立場は危うくなる」

「心配せんでええ。藩の立場も安泰、幕府の面目も立ててもらう。落としどころは、ちゃんと心得ておるわ」

駒造は胸を叩き、みずからの得た情報をかいつまんで説きはじめた。

室戸屋源右衛門は無論のこと、目星をつけた相手には吉岡馨之介とその一味、紙漉き職人の善七とおゆりまでもがふくまれている。隠れ家らしき場所も何箇所か突きとめてあり、船宿の『魚屋』などもそのひとつだった。

「なるほど。それで、わしの所在がわかったのか」

「おまはんの顔はすけべ顔や。おゆりを張りこめばみつかると踏んだ。おまはん、あの娘を抱いたんか」

「まあな。羨《うらや》ましいか」

「別に。女を誑《たら》しこむのも隠密の役目やからな」

と、言いながらも、駒造は羨ましそうな顔をする。

「おぬし、おゆりのことはどこまで知っておる」

「たいして知らん。どうせ連絡役《つなぎ》やろ」

いったい、誰と誰の連絡役なのか。

思案する暇もなく、駒造は尋ねてくる。

「どないや、薩摩の動きは」

「へ」

「へ、やない。おまはん、吉岡の一味にまんまと紛れこんだのやろう」

「ふむ」

「わてが知りたいんは、吉岡たちが薩摩藩の意向で動いておるのかどうかっちゅうことや。どや、やつらの正体はわかったんか」

「いいや、まだ、はっきりせんな」

「ほうか」

駒造は、がっくり肩を落とす。

敵に正体を知られたこともあり、焦燥を募らせているのだ。

八郎兵衛は小豆餅を口に突っこみ、咀嚼《そしゃく》もせずに冷めた茶で流しこむ。

「酒が呑みたくなったな。駒造、つきあえ」

ふたりは水茶屋をあとにし、町屋の辻裏にある縄暖簾へ向かった。

十

駒造は酒がはいると、いっそう口が滑《なめ》らかになった。

薩摩と富山の両藩は今、蜜月の仲にあるという。

「ただしな、五、六年前からの新しい関わりや」

薩摩藩は金銀の流出を嫌い、富山藩にたいして長らく売薬の差しとめ処分をおこなっていた。しかし天保三年、富山の豪商たちが薩摩へ蝦夷地産の昆布一万斤を献上したことで、営業再開の目処《めど》が立った。爾来《じらい》、両藩は良好な関わりを保ち、近頃は薩摩のほうからさかんなはたらきかけがあるらしい。

「幕府のお偉方も、まだ知らんことやけどな」

薩摩藩は琉球を介して清国と密貿易をおこない、昆布と引きかえに薬種原料などの御禁制品を大量に輸入している。昆布の欲しい薩摩と薬種原料の欲しい富山、双方の利害は一致し、少なくともその二品目に関していえば、藩ぐるみで抜け荷がおこなわれていると、駒造は指摘する。

「どや、図星やろ」

藩の隠密ならば熟知しているはずだと迫られ、八郎兵衛はとぼけてみせた。

「はあて、どうかな」

「ま、おまはんの立場もあるやろうから、昆布のことは追及せんでやるわ。せやけどな、これだけは容認できひんで。塩硝や」

八郎兵衛の両耳が、びくんと動いた。

駒造が血走った目で探るようにみつめてくる。

「わてがほしいんはな、吉岡の一味が塩硝を仕入れておるいう確かな証拠や」

吉岡たちが歴《れっき》とした薩摩島津《しまづ》家の藩士ならば、幕府としてはとうてい容認できない事態となろう。

八郎兵衛も、島津がいかに強大な力を保持しているかは知っている。

前将軍家斉《いえなり》の正妻は島津家から嫁いだ姫（島津重豪《しげひで》の三女茂姫）にほかならず、同家は御三家に準ずるあつかいを受けていた。それだけの大藩が極秘に軍資金を貯《たくわ》え、火薬まで備蓄しつつあるとするならば、幕藩体制の根幹を揺るがす一大事にも発展しかねない。

ただし、八郎兵衛には、薩摩が幕府の転覆を企てているなどという発想は浮かんでこない。

常識で考えても、ありえないはなしではないか。

だが、駒造の見方はちがう。

「島津の連中はな、関ヶ原で負けた借りを返そうと狙うとんのや」

「まさか」

「と、おもうやろ。やっぱり、おまはんは田舎侍《いなか》やなあ。のんびりしとるわ。お殿さんにも、よう言うとけ。富山は謀反《むほん》の加担をしとんのやで」

「謀反だと」

「ほうや」

駒造の口振りから推すと、薩摩のだいそれた企みに加担している人物が、富山藩に仕える重臣のなかにいるらしい。その人物は塩硝で儲けた利益を藩へ還元もせず、『室戸屋』などの豪商と結託して私腹を肥やしている疑いもある。

「天狗や。とぼけたらあかんで。おまはん、ほんまは知っとんのやろ」

「ま、まあな」

八郎兵衛は顎の髭を抜き、ふっと飛ばした。

「天狗いうんは、潮田左近《うしおださこん》のことなんやろう」

「はあ」

「はあ、やない。おまはん、潮田のことを調べとんのやろうが」

「まあな」

「ほうら、おもったとおりや」

なにやら、おかしなはなしになってきた。

潮田左近とは、富山藩の用人格《ようにん》（老中補佐）に任じられている重臣のことらしい。天狗の異名で呼ばれる潮田なる人物が、富山藩側の黒幕なのだ。

室戸屋源右衛門を走狗《そうく》となし、なかば公然と抜け荷をおこなわせている張本人にほかならない。

駒造は傷ついた尻をさすりながら、ぐびっと盃を干した。

「潮田は藩財政を建てなおした立役者や。お殿さんの信頼も、さぞかし厚いのやろうな」

「そりゃ厚いさ。あたりまえだ」

そもそも、潮田は武士ではない。阿波の藍玉《あいだま》売りから大坂商人に転身し、京都にある有名な寺の建てなおしに成功したことで注目をあつめ、富山藩の勘定所に招聘《しょうへい》された。

用人格となってからは、藩主利保から下賜された時服《じふく》を纏い、領内に点在する真宗寺院を隈《くま》無く説得行脚してまわった。これが予想以上の効果をあげ、天保五年の一年間だけで三千五百石余りの献上米をあつめたというから、その辣腕《らつわん》ぶりは刮目《かつもく》に値する。

利保の信頼も厚いだけに、潮田は容易に尻尾《しっぽ》を出さない。

確実な証拠を摑まぬかぎり、追及は難しかろう。


「なるほど」

ようやく、陰謀の輪郭がはっきりしてきた。

「腹心の悪事をお殿さんは知らんわけや。なんやら、可哀相《かわいそう》なはなしやな」

可哀相なのは、真面目に商いをおこなっている売薬商たちのほうだ。売薬商たちは藩に厳しく監視されており、旅先などでの放埒《ほうらつ》な振るまいが発覚すれば、すぐさま得意先の列記された懸場帳《かけばちょう》と関所御免の割札を没収される。

ゆえに、富山商人の身持ちは堅いものと、世間一般では考えられていた。

藩の高官と一部商人の悪事が発覚すれば、営々と築かれてきた富山商人の信用はたった一日で泡と消えかねない。そうさせぬためにも、藩主の利保は直属の隠密を領内に放ち、抜け荷の実態を探らせているのだろう。

だが、まさか股肱《ここう》の臣が悪の元凶であろうとは想像もできまい。

「室戸屋も言うとったで。富山商人にとって懸場帳は信用の証《あか》し、これを奪われたら死んだも同然やとな。そうやって表ではきれいごとを並べておき、裏では悪事に手を染めておんのや」

室戸屋か善七の線を丹念にたどれば、かならず潮田に繋がるはずだと、駒造は気を吐いてみせる。

「もう一歩やで。心配すな。富山藩には迷惑の掛からんようにするさかいにな。ともあれ、潮田の悪事が露顕した日にゃ、おまはんの出世もまちがいなしや。羨ましいこっちゃ」

「出世なんぞ、どうでもよい」

「ふへえ。ほなら、なんのために命を張るんや」

「そいつは、こっちが訊きたいな」

「わてはな、上等な裃《かみしも》を着て千代田のお城へ参上したいのや。わてだけやない。誰もが本心ではそうおもうとるがな。隠密は日陰者やさかいにな」

駒造のことが、哀《あわ》れにおもえてきた。

微酔《ほろよ》い気分で喋りつづける猿顔の男は、裃で千代田城へ登城するために命を張っているのだ。

「おゆりを抱いてよ、なんかええことはあったんか」

「まあな」

八郎兵衛はにやつき、鼻のしたを伸ばす。

「阿呆、そっちのはなしやないわ。新しい情報《ネタ》や」

「情報ならあるぞ。とっときのがな」

「言うてみい」

「塩硝小屋だ。土間いっぱいに木箱が積まれておった」

「ほんまか。それを早う言わんかい」

身を乗りだす駒造にたいし、八郎兵衛は称名滝にある岩屋の所在を教えてやった。

「やったでえ。塩硝を押さえたら、一味の首根っこを摑んだも同然や。よっしゃ、捕吏を総動員して、さっそく出向かなあかんで」

「その尻でか。山道だぞ」

「こんなんは怪我のうちにはいらん。わては隠密やで」

「嘗めてかかったら殺られるぞ」

「わかっとるわ。ことにな、吉岡馨之介にゃ気いつけなあかん。やつは薩摩示現《じげん》流の達人やからな。知っとんのやろ」

「おう、そうだったな」

「出立は明後日《あさって》の早朝でどや」

「どやとは」

「道案内せなあかんやろが」

「わしがか。困ったな」

「なにを言うとんのや。おまはん、ほんまに隠密かいな」

八郎兵衛は憮然《ぶぜん》とし、盃をたてつづけに呷った。

抜け荷なんぞ、勝手にやればよい。

狂犬どもと一戦におよぶ気など、これっぽっちもないのだ。

しかし、どうにも気になってきた。

吉岡に雇われた理由が、いまひとつ判然としない。

大目付配下の隠密を葬る。単に、それだけのために雇ったのならば、なにも山小屋へ連れてゆく必要はなかったのだ。

おゆりを差しむけたことも、妙といえば妙だ。

こちらの気を惹《ひ》いておく理由が、いったい、どこにあるのだろう。

罠《わな》に塡《は》められた気分だった。

酒を浴びるほど呑んでも、いっこうに酔うことはできなかった。

十一

立山連峰の裾野には春霞《はるがすみ》がかかっている。

季節は弥生《やよい》、山中はまだ寒い。

金剛杖《こんごうづえ》を握った行者と擦れちがうたびに、厳しい眸子で睨まれた。

なにしろ、捕り方装束に身を固めた五十有余の集団が縦列をなして山をのぼっていくのである。

陽が中天に昇ったころ、八郎兵衛たちは荘厳な称名滝を面前にした。

駒造は顔を水飛沫で濡らしながら、喜々として集団を率いている。

「山狩りや。獲物を狩ったるでえ」

捕吏はほとんどが富山の藩士たちで、塗笠《ぬりがさ》をかぶった与力《よりき》や目つきの鋭い同心もまざっていた。

八郎兵衛の素姓を問う者はいない。

誰もが気分を高揚させ、手柄を立てようと必死なのだ。

「足もとに注意せい。こっからは隘路やで」

集団は数珠繋《じゆずつな》ぎとなり、岩屋につづく崖の細道をたどりはじめた。

八郎兵衛は先頭に立ち、駒造は後方から集団の尻を叩きつづける。

流れおちる瀑布を眺めれば、奈落の底へ吸いこまれそうな錯覚に陥った。

「狙われるとすれば、ここだろうな」

敵には弓を得意とするものが多い。

八郎兵衛は待ちぶせを警戒していた。

だが、横穴に達するまで、矢は一本も飛んでこなかった。

松明《たいまつ》を翳《かざ》し、暗い隧道の奥へと進む。

捕吏たちは息を弾ませ、団子になってつづいた。

縦穴に架かった梯子を慎重にのぼり、八郎兵衛は地上に顔を出す。

吉岡に連れてこられたのとおなじ経路だ。

古井戸にみせかけた出入口から這いだすと、あたり一面は靄《もや》につつまれ、山小屋の二階屋根だけが霞んでみえた。

足を忍ばせ、小屋の側《そば》へ近づいていく。

古井戸のなかから、捕吏がつぎつぎに這いだしてきた。

八郎兵衛は繁みに隠れ、指揮与力《よりき》を待った。

丸木の扉までは半町もない。

捕吏たちは物々しい雰囲気で散開し、小屋を遠巻きに囲みはじめる。

駒造とともに、厳《いか》つい顔の与力がやってきた。

「あの小屋に塩硝があるのか」

「たぶんな」

「よし、一気に片をつけよう」

鉄砲隊、弓隊を後詰《ごづ》めに控えさせ、与力は抜刀隊を選んだ。

剣術に自信のあるものばかりで、数は十二、三名にのぼった。

「おぬしも抜刀隊にくわわるがよい」

「いいや、遠慮させていただく」

および腰の八郎兵衛は与力に鼻で笑われ、駒造が代わりに手をあげた。

「わてはやるでえ。ここが手柄のあげどころや」

与力は軍配を振りまわし、抜刀隊を煽《あお》りたてる。

「入口はひとつ。一番乗りを果たしたものには、殿より直々《じきじき》に褒美《ほうび》がある」

「おう」

猛々《たけだけ》しい鬨《とき》があがった。
腕自慢の連中は土を蹴り、丸木の扉に殺到していく。
——どおん。
刹那《せつな》、凄まじい炸裂音《さくれつおん》が天地を揺るがした。
紅蓮《ぐれん》の炎が巻きあがり、抜刀隊の連中が藁《わら》人形のようにちぎれとぶ。
両耳をふさいだ八郎兵衛の顔面へ、猛烈な爆風が襲いかかってきた。
「くそ、火薬玉だ」
両足の踏んばりが利かない。
拡散する硝煙のせいで、涙が溢《あふ》れてくる。
「ごほっ、ごほっ、あかん、罠や」
駒造が咳《せ》きこみながら、よたよた戻ってきた。
顔もからだも黒く焼け焦げ、両耳から血を流している。
右肩にぶらさがっているのは、ちぎれた与力の右手だった。
「あほんだら。耳がよう聞こえん」
鼓膜を破られたのだ。
駒造は前のめりに倒れ、昏倒した。

背中の傷口がぱっくりひらいている。

かなりの重傷だ。

——どどおん。

またもや、火薬が炸裂した。

さきほどよりも規模は遥《はる》かに大きい。

足もとは激震し、地崩れがおこりはじめた。

目に映る景色は大きく揺れ、稲妻形の亀裂が地表に走る。

「うわああ」

捕吏どもは慌てふためき、亀裂に呑みこまれる者もあった。

唯一の脱出口である古井戸も、瞬《まばた》きのあいだに陥没していく。

「くそったれ」

敵は退路を断つべく、地下の横穴にも大量の火薬を仕掛けていた。

揺れはすぐに鎮まったが、生きのこった捕吏たちは地べたに這いつくばり、頭を抱えたままだ。

山神の祟《たた》りに遭ったと信じこみ、念仏を唱える者まであった。

「ふはは、天罰じゃ」

突如、山神の大笑が響きわたった。

濛々と立ちこめる白煙のなかに、老爺がひとり立っている。

「あれは、善七か」

からだじゅうに火薬筒を巻きつけ、両手で灯明《とうみょう》を翳している。

筒に点火すれば、三十間四方は確実に吹きとぶであろう。

「やめろ、この糞爺」

八郎兵衛は前歯を剝き、怒鳴りあげた。

善七は耳栓の綿をほじくりだし、皺顔をくしゃくしゃにして嗤《わら》う。

「待っておったぞ。伊坂八郎兵衛、幕府の密偵《いぬ》め」

「なんだと」

「おぬしらの狙う塩硝はここにない。ふはは、ひとつ残らずな。薩摩の連中が運びさったあとじゃわい」

八郎兵衛は顎を突きだし、善七を睨みつけた。

「待て。わしは隠密ではない」

「嘘を吐くな。『室戸屋』の暖簾をくぐったときから、わかっておったわ。破落戸《ごろつき》の浪人どもに天狗の噂を吹きこみ、わざとおぬしを襲わせたのよ。さすがは大目付配下の隠密じゃわい。室戸屋の見込んだとおり、おぬしは滅法強かった」

八郎兵衛を雇ったのも、隠れ家をわざと教えたのも、捕吏たちを虎穴《こけつ》へ誘導して、一挙に葬るための画策だったらしい。

「善七よ、待ってくれ」

「往生際《おうじょうぎわ》のわるいやつだのう。もはや、退路は断たれたのじゃ。どう足掻《あが》いたところで逃れまいぞ」

ここは山中地獄の深奥。火薬筒で死なずとも、山から下りられる見込みは万にひとつもない。爆死か、餓死か、道はふたつにひとつしかないのだ。

ただし、逃れられないのは善七もいっしょだ。

「そうじゃ。おぬしらを道連れにして、わしも死ぬ」

「なぜだ。なぜ、そこまでする。うぬは何者なのだ」

「教えてやろう。わしは阿波の藍玉売り。潮田左近はわしの倅《せがれ》じゃ」

「天狗の親父《おやじ》か」

「倅はなあ、おのれの才覚で藩の重臣に成りあがった。可愛い倅を守るためなら、老いぼれの命なんざ、いくらでもくれてやる」

「おゆりは」

「おゆりか……あれは拾った娘じゃ。いざというときのために養っておいただけのこと」

「黒百合の伝説は作り話か」

「伝説はある。おゆりは魔性の女の生まれ変わりやもしれぬ。おぬしを地獄へおくりこんでくれたのじゃからな」

「善七、うぬが死ねば、おゆりは路頭に迷うぞ」

「心配は無用じゃ。今ごろ、吉岡馨之介の刃《やいば》にかかっておるわ」

「なにっ」

「口封じよ。可哀相じゃが致し方ない。どうせ生きのびても、夜鷹に身を堕《お》とすだけのこと。ならば、さっぱり斬られたほうが、おゆりのためじゃろうて」

「悪党め」

「はなしが長《なご》うなった。そろりと終わりにしようかい」

「待て」

善七は灯明をかたむけ、火薬筒に点火した。

鋭く火花が散った瞬間、八郎兵衛は地に伏せた。

――ずどど。

轟音《ごうおん》とともに熱風が奔り、頭皮をぺろりと剝がされたように感じた。

頭上に降りそそいでくる異物は、粉微塵《こなみじん》になった善七の肉片であろうか。

八郎兵衛は固い地面に爪を立て、旋風となって渦巻く爆風の威力に耐えつづけた。

十二

もう何日も、深い霧のなかをさまよっているような気がする。

善七の自爆から、最低でも五日は経《た》っているにちがいない。

瘴気のたちのぼる底なし沼を渡り、鬼の噎《むせ》びなく吹きさらしの谷を通りぬけた。

屛風岩の屹立する急峻な崖を這いのぼり、岩肌に木の根の絡みつく獣道をひたすら歩いてきた。

木の皮を食い、餓えをしのいだ。

途方もないときが流れた。

数刻前からは食べ物はおろか、一滴の水すら口にしていない。

まさしく、立山曼陀羅に描かれた山中地獄を亡者《もうじゃ》のようにさまよっているのだ。

「生き地獄とは……このことか」

朦朧《もうろう》とした頭で、必死になにかを考えようとする。
なにひとつ、浮かんでこない。
ただ、生への渇望だけが執念深く燻《くすぶ》っている。
生きのこった捕吏たちも、ひとりふたりと櫛の歯が欠けるように脱落していった。
もはや、生存者はふたりしかいない。
「お、おい、殺してくれ……」
背中の駒造がまた、赤子のように泣いた。
深手を負っている。ここまで生きつづけたのは奇蹟《きせき》だろう。
八郎兵衛は駒造を背負い、弱まる鼓動を聞いていた。
「……ひとおもいに」
殺してほしいと懇願されても、抛《ほう》る気はない。
「意地でも抛らぬぞ」
泣きたいのは、こっちのほうだ。
もはや、涙も出てこない。
空腹も感じなければ、喉の渇きもおぼえなくなった。
からだがふわっと軽くなり、雲上を散策しているかのような快適さすら感じる。

「このまま、死んでもよいな」

人は死ぬ直前、得も言われぬ幸福感に包まれるという。

心地よい微睡《まどろ》みに誘《いざな》われ、深い眠りへ落ちていくのだ。

「疲れたな」

木の幹にでも背をもたせ、ひと眠りするとしよう。

気持ちの張りを失った途端、意識が空白になった。

八郎兵衛は足を縺《もつ》れさせ、泳ぐように倒れていく。

そのまま、半刻余りも意識を失っていたであろうか。

あいかわらず周囲は濃霧に覆われ、一寸先もみえない。

「ここは……常世《とこよ》ではないのか」

八郎兵衛は痛む頭を振り、霧の底を透かしみた。

仄《ほの》かな灯《あか》りがちらちらと、揺れながら近づいてくる。

「三途《さんず》の川の渡し守だな」

模糊《もこ》とした頭で考え、袖口に手を入れて六文銭を探す。

さらに、灯りは近づいてきた。

どうやら、龕灯《がんどう》の灯りらしい。

「……お、おい」

八郎兵衛は喉を引きつらせ、かぼそい声を洩らした。

龕灯がふっとかたむき、霧の幔幕を分けながら迫ってくる。

眩《まばゆ》いばかりの光明だ。

面《つら》灯りに照らされた行者の顔が、鼻先にぬっと差しだされた。

「どうなされた、大丈夫か」

人の息遣いが、これほど恋しいとおもったことはない。

八郎兵衛は正気をとりもどし、背中の駒造にはなしかけた。

「助かったぞ。おい、起きろ」

霧は徐々に晴れ、穏やかな陽光が射しこんでくる。

駒造の返事はない。

十三

数日後。

八郎兵衛は山を下りたとき、まったくの別人に変わっていた。

窪んだ眸子、瘦《こ》けた頰、肋骨《あばら》の浮きでた胸。窶《やつ》れはてた外見のみならず、心の底には蒼白《あおじろ》い炎が燃えている。

生きぬくことへの並みはずれた執念があったからこそ、山中地獄から生還できた。運良く命を拾ってからは、罠に塡めた連中を葬ることしか考えられなくなった。蛇のような執念が、八郎兵衛の人相を凄愴《せいそう》なものに変えているのだ。

「潮田左近、室戸屋源右衛門、そして吉岡馨之介」

この三人だけは、どうあっても生かしておけない。

八郎兵衛は本気になった。

もっとも、潮田と室戸屋は捜す必要もない。邸《やしき》へおもむき、問答無用で斬ってすてるまでのことだ。「南町の虎」と評された元隠密廻りの探索能力をもってすれば、吉岡の所在もさして苦もなく捜しあてることはできた。

「吉岡め」

おゆりは、斬殺されてしまったのだろうか。

口封じのためと、善七は言った。

なるほど、おゆりは命じられるがままに、隠密と疑わしき男を閨《ねや》に誘った。が、それだけのことではないか。殺されねばならぬ理由はない。

利用され、ただ、捨てられる。
一夜の夢をみさせてくれた娘のことが、不憫《ふびん》でならなかった。
八郎兵衛は城下の暗闇を歩いている。
花街《かがい》の一画に、吉岡の馴染みの茶屋はあった。
「『月舟《つきぶね》』といったな」
いまごろは、馴染みの妓《おんな》に酌でもさせているのだろう。
黒板塀に寄りかかり、八郎兵衛は夜空を仰いだ。
星の林に漕《こ》ぎだした月の舟が、群雲《むらくも》に流されていく。
愛刀の堀川国広を鞘走らせ、砥石《といし》で寝刃《ねたば》をあわせた。
触れただけで指の薄皮が斬れるほど、鋭い刃味に研《と》ぎあげてやる。
一刻余りのあいだ、八郎兵衛は身じろぎもせずに待った。
夜の寒さも苦にならぬ。
山中地獄で嘗めた辛酸にくらべれば屁でもない。
やがて夜も更けたころ、吉岡の痩軀が『月舟』の表口にあらわれた。
顔色は青白く、双眸は血走っている。
さほどの酒量でもないのか、足取りはしっかりとしていた。

「吉岡馨之介」

背後から静かに呼びかける。

ゆっくり振りむいた顔が、わずかに強張《こわば》った。

「ほう、おぬしか」

「戻ってきたぞ。地獄からな」

「死にぞこないめ。素直に死んでくれればよいものを」

「見込みちがいだったな。わしは幕府《こうぎ》の隠密ではない」

「ただの野良犬か」

「野良犬にも牙はある」

「室戸屋は死んだぞ」

「なに」

「驚いたか。それだけではない。用人格の潮田左近にも死んでもらった」

口封じであろう。撤退の潮時と判断したのだ。

潮田も殺されたとなれば、善七の死はただの犬死にではないか。

「あやつらは私利私欲で動いた。が、わしらはちがう。大義がある」

「なにが大義だ」

「薩摩を生かすためなら、抜け荷でもなんでもやる。誰であろうと、邪魔者は消す」

「おゆりもか」

「おゆり……そんな娘もおったなあ」

吉岡は冷笑を洩らし、ゆったり足を踏みだした。

「野良犬の腕で、わしが斬れるかな」

「やってみるか」

八郎兵衛は腰を落とし、肩の力を抜いた。

吉岡は微妙な間合いを保ち、声を掛けてくる。

「置き手紙の文面をおぼえておるか」

「関わり無用」

「それだ。おぬしは約束を破った」

「破ると踏んで、罠に誘ったのだろうが」

「くはは、不満ならば、新たに約束を結んでもよいぞ。五十両くれてやる、どうだ、それで手を打たぬか。無用な殺生はしたくないのでな」

力量は五分と五分、吉岡は酒を呑んでいる。

おのれが不利と踏んだのだろう。

狡猾《こうかつ》なやつとおもいながらも、八郎兵衛は誘いに乗ったふりをする。

「五十両か、大金だな」

「酒も女ものぞみ放題よ。乗るか」

「よし」

吉岡はふっと息を吐き、わずかな隙をみせた。

と同時に、八郎兵衛は必殺の間合いへ飛びこむ。

「せいや」

抜いた。

捷《はや》い。

中段から、胸もとを薙ぎあげる。

「甘いわ」

吉岡はひらりと飛びのき、素早く同田貫を抜いた。

胸を斬られたようだが、浅い傷にすぎない。

右肘《みぎひじ》を高く張り、白刃の切っ先で尻を掻くほどに振りかぶる。

薩摩示現流、蜻蛉《とんぼ》の構えか。

「ちぇ、ちぇ……っ」

吉岡は鋭く、猿叫《えんきょう》を発した。

一撃必殺、示現流に二の太刀はない。

対手《あいて》の刀を折り、真《ま》っ向《こう》から頭蓋《ずがい》を叩きわる。

だが、八郎兵衛は微塵も怖《おそ》れず、吉岡の懐中へ躍りこんだ。

「ほえっ」

下段から喉を狙って突きあげた。

薄皮一枚で躱された刹那、同田貫の切っ先で鋭く鬢を削られた。

「くっ」

激痛が走る。

ぱっと、身を離した。

「さすがだな」

八郎兵衛は、頬に流れた血を嘗めた。

幾度となく嘗めてきた辛酸の味だ。

「ふほおお」

吉岡は口から長々と息を吐き、同田貫を上段に構えなおす。

「一の太刀を躱された。おぬしがはじめてだ」

「ふん、それがどうした」

八郎兵衛は、国広をすっと鞘に納めた。

仕切りなおしだ。

肩の力を抜き、両手首をゆっくり交差させる。

吉岡は構えをくずさず、双眸を光らせた。

「その仕種は」

「わかるのか」

「立身流の豪撃《こわうち》」

「ご名答」

抜刀とともに大上段に白刃を振りあげ、間髪入れず、猛然と振りおろす。

敏捷《びんしょう》に間合いを詰め、できるだけ深く斬りこまねば威力は半減する。

豪撃の原理は、示現流の一撃と相通じるところがあった。

「ちぇ……っ」

猿叫とともに、同田貫が風を孕《はら》んだ。

「ぬりゃ……っ」

国広も同時に闇を裂き、大上段からほぼ同時に双方の剛刀が振りおろされる。

白刃と白刃が月光を反射させ、触れもせずに交叉《こうさ》した。

「ぬおっ」

ずばっと、肉が裂けた。

八郎兵衛は胸筋を断たれ、苦痛に顔をゆがめる。

「わしの……勝ちだ」

吉岡は歯を剝き、にっと笑った。

笑った顎が外れ、月代に亀裂が走る。

ぱっくり割れた脳天から、突如、鮮血が噴きだす。

吉岡馨之介は眸子を瞠ったまま、両膝を土に落とした。

十四

胸の傷は深い。

朦朧とした頭で、露地裏をさまよっている。

八郎兵衛がたどりついたのは、夜鷹に声を掛けられたところだ。

道端には枝垂れ柳も植わっている。

三人の浪人に難癖をつけられ、ここで斬りすてた。
斬りすてるだけならまだしも、欲をかいたせいで厄介事に巻きこまれた。
柳の陰から、白い腕が誘っている。
「夜鷹か」
あの夜、寒空のしたで抱いた痩せた女であろうか。
いや、ちがう。
遠目ではっきりとみえないが、おゆりの面立ちに似ているような気がする。
八郎兵衛はふらつく足取りで、女のほうへ近づいた。
「おっと、ごめんなさいよ」
横合いから、職人風の男が飛びだしてくる。
肩と肩がぶつかった。
八郎兵衛は地べたに転び、大の字になる。
「おやおや、旦那あ、呑みすぎだよう。けへへへ」
男は背中をみせ、枝垂れ柳の陰に消えていく。
蕎麦二杯ぶんの端金《はしたがね》で、夜鷹を買うのだろう。
男に肩を抱かれた女が、心配そうに振りむいた。

「ああ、やっぱり……」

厚化粧をほどこしてはいるものの、おゆりにまちがいない。

「うっ」

身を起こしかけた途端、全身に激痛が走った。

「生きておったのか、おゆり」

生きてさえいてくれれば、それでよい。

夜鷹に身を堕とそうとも、生きてさえいれば。

男と女のすがたは、夜の静寂《しじま》に溶けていった。

八郎兵衛は四半刻ほど眠り、船着場で小舟を拾った。

震えるからだを菰にくるみ、船頭が棹《さお》を操る様子を眺めつづける。

小舟は神通川をくだり、河口から富山湾へ漕ぎだしていった。

ゆったりと波に揺られながら、八郎兵衛は微睡んでいる。

「旦那、夜が明けますぜ。どこまでおいきなさるので」

知らん。こたえるのも面倒臭い。

懐中から奉書紙に包まれた金子をとりだした。

やおら起きあがり、船頭の袖に捻じこんでやる。

「うおっと。なんですかい、これは」

「十両ある。沖をひとまわりしてくれ」

「じゅ、十両だなんて、旦那、そんな大金は貰えませんや」

「ひとつ、頼まれてくれぬか」

「へ、へえ」

「船賃を引いた残りを、おゆりという夜鷹に渡してくれ」

「夜鷹のおゆりですね、へえ」

ふと気づくと、海上は蒼白い光で埋めつくされている。

「蛍烏賊《ほたるいか》ですわ。今年はいくぶん早えみてえだ」

何千何万という蛍烏賊が、深海から産卵のために浮上してくるのだ。

小舟は光の渦を舳先《へさき》で切りわけ、沖へぐんぐん漕ぎだしていく。

振りかえれば、雪を戴く立山が曙光《しょこう》に燦爛《さんらん》と煌《きら》めいていた。

黄金《くがね》の島

一

田圃《たんぼ》に早苗が植えられた。

越後へ抜ける国境の関所までは一里十七町、泊《とまり》は越中最後の宿場町だ。

五月雨《さみだれ》の降るなか、金比羅《こんぴら》神社の境内《けいだい》には菖蒲《あやめ》の花が咲きはじめた。

香具師《やし》たちは威勢よく声を張りあげ、端午《たんご》の節句にちなんだ売り物を商っている。

鎧《よろい》兜《かぶと》に武者人形、色鮮やかな鯉幟《こいのぼり》に吹流し、鍾馗《しょうき》の描かれた幟に虫除《よ》けの菖蒲刀、熊笹に巻いた粽《ちまき》から涼を感じさせる酸漿《ほおずき》まで、さまざまな売り物の口上が飛びかい、大勢の見物客の足を止めた。

なかでも、ひときわ賑わいをみせるところがある。

「さあさ、寄ってらっしゃい、みなきゃ損だよ」

間口一間、奥行三尺ほどの床店《とこみせ》には、虚仮威《こけおど》しの大刀三本が飾られている。「薬」と書かれた黒塗りの重箱が二段二列にならべられ、三段重ねの不安定な三方《さんぼう》のうえに高下駄を履いた大男が乗っていた。

客集めの居合抜きだ。文化文政のころならまだわかるが、近頃ではまことにめずらしい見世物ではある。

「かの長井兵助も舌を巻くほどの妙技にて、とくとご覧になりたい方は、ささ、まえへまえへ、ずずいと、おすすみあれ」

口上役の小男は、よくとおる声で立て板に水のごとく喋《しゃべ》りつづけた。

大男は丈六尺余り、身幅もある。

鬱金色《うこんいろ》の袍《ほう》を纏《まと》い、黒染めの布を頭に巻いていた。

太い眉は一本棒に繋《つな》がり、双眸《そうぼう》は炯々《けいけい》、口をへの字に曲げた憤怒《ふんぬ》顔は吽形《うんぎょう》の力士像そのものだ。頰《ほお》と顎《あご》に付け髭《ひげ》を生やし、勇猛な鍾馗を真似《まね》ているのだが、子供たちの目には化け物としか映っていない。

「はてさて、ご覧《ろう》じろ。名人が懐中より取りいだしたるは枇杷《びわ》の実ふたつ。これを高々と抛《ほう》りなげ、ひと振りにて種までも四つに斬りわけてくりょう」

小雨のぱらつくなか、見物人たちは濡《ぬ》れるのも気にせず、固唾《かたず》を呑《の》んでいる。

高下駄のしたに配された三方はぐらつき、不安定な感じだ。

平衡を失えば、くずれおちるにちがいない。

そうした危うい演出も、見物人の関心を惹《ひ》いた。

「ほっ」

大男は掛け声もろとも、ふたつの枇杷を抛った。

半身をやや沈め、腰の大刀を無造作に抜いてみせる。

頭上で一閃《いっせん》させた白刃は、つぎの瞬間には鞘《さや》に納まっていた。

大男のひろげた左右の掌《てのひら》へ、四つになった枇杷が落ちてくる。

男は三方のうえで微動だにせず、彫像のように固まっている。

一抹の静寂が流れ、やんやの喝采が沸きおこった。

「さあ、お立ちあい。おつぎは三つの枇杷の実を六つに斬って進ぜましょう。ささ、ご覧になりたい方は近《ちこ》う寄ってくだされ。ここにある丸薬を買うてくだされませ。箱の中身は癪《しゃく》を鎮める反魂丹、効能は申すまでもございますまい。代金は一袋八文《もん》。見料とおもえば安いもの」

ここは富山城下から十五里足らずの宿場町、見物人にしてみればいまさら反魂丹など購入する必要もないのだが、薬袋は飛ぶように売れていく。

「ほっ」

掛け声もろとも、大男は枇杷の実を抛りなげた。

三つの枇杷は雨粒を弾《はじ》き、くるくると回転しながら宙へ舞いあがっていく。

見物人たちは一斉に雨空をみあげた。

すでに、刀は抜かれている。

人垣の最前列から、突如、疳高《かんだか》い女の声が掛かった。

「よっ、日本一」

大男の瞳に映ったのは、艶っぽい女の姿態だ。

それと察した途端、三方がぐらりとかたむいた。

「とあっ」

大男は中空へ高々と飛翔し、雨粒を十字に斬った。

ふたつの枇杷が四つになり、ぱらぱら地に落ちてくる。

三つ目の実は女の掌に落ち、落ちた拍子にぱかっと割れた。

「嬉しや。吉《きち》が降ってきた」

女は枇杷の実を囓《かじ》り、嫣然《えんぜん》と微笑《ほほえ》む。

大男は付け髭を毟《むし》りとり、にかっと皓《しろ》い歯をみせた。

素浪人、伊坂八郎兵衛である。

いつにもまして懐中は寂しい。居合技を見世物にしなければならぬほど、落ちぶれていた。

ともあれ、粋筋の女に声を掛けられることなど、天地がひっくりかえってもあり得ない。それだけに、袖を引かれたときは喜びを感じるよりもまず、相手の真意を疑った。

案の定、頼み事がひとつあるという。

「人斬りならば御免蒙《こうむ》る」

しゃちほこばって応じると、女は袖を口に当てて妖《あや》しげに笑った。

「うふふ、人斬りだなどと物騒な」

四の五の言わずに従《つ》いてきてほしいと請われ、八郎兵衛は町屋のはずれまで足をはこんだ。

たどりついた平屋は瀟洒《しようしや》な仕舞《しも》た屋《や》で、木槿《むくげ》の垣根に囲まれた中庭もついている。

「もしや、そなたはあれか」

「妾《めかけ》でござんすよ。旦那《だんな》さまは古物商のお爺《じい》さん、ほほほ」

朗らかに笑う女は、名をおりんという。

齢は二十四、性分は派手好みで勝ち気。

艶《あで》やかな面立ちに紫苑《しおん》の着物がよく似合う。

黒目がちの眸子《まなこ》で睨《にら》まれると、男なら誰でもからだの芯《しん》が痺《しび》れるような疼《うず》きをおぼえるにちがいない。

「さ、ご遠慮なされずに、おあがりなさいな」

八郎兵衛は、やんわりと手を引かれた。

もう駄目だ。

こうなれば、言われるがままの木偶《でく》の坊《ぼう》になるしかない。

頼み事の中身を問う暇もなく、縁側にみちびかれていく。

雨に濡れた着物を脱がされ、手拭《てぬぐ》いでからだを丹念に拭《ふ》かれた。

仕舞いには下帯まで解かれ、足のさきまでしげしげとみつめられる。

「ご立派なものをおもちだこと」

「ふん、まあな」

強がってみせながらも、いささか平常心ではいられなくなっている。

おりんは馴《な》れた仕種《しぐさ》で、客用の着物を着せてくれた。

「居合技もお見事でしたが、寝技のほうもさぞかし……うふふ、お酒の支度をいたしましょうね」

おりんは擽《くすぐ》るように囁《ささや》き、徳利と盃をはこんでくる。

「さ、おひとつ」

しなだれかかるように酒を注《つ》ぎ、注ぎ終わると、おもむろに帯を解きはじめる。

「おいおい、何をする気だ」

八郎兵衛は盃を掲げたまま、面食らってみせた。

おりんは一糸纏《まと》わぬ裸体となるや、こちらに背中をむけて髪を素早く貝髷《ばいまげ》に結いなおす。

「おっ」

八郎兵衛は刮目《かつもく》した。

おりんは刺青《いれずみ》を背負《しょ》っているのだ。

図柄は鯉の滝のぼり。背中一面に極彩色の絵模様が描かれ、瀑布の中心におおきな鯉が一匹泳いでいた。しかも、鱗《うろこ》のひとつひとつに金筋がはいっている。

おりんは盥《たらい》に水を溜《た》め、行水をやりはじめた。

背丈はすらりと高く、胸と尻が堂々と張っている。

細い骨にもっちりした脂がつき、肌は淡雪のように白い。

「よい眺めだ」

大籬《おおまがき》の妓楼にあがった御大尽でも、これほどの贅沢《ぜいたく》を味わうことはできまい。

八郎兵衛は縁側に胡座《あぐら》を掻《か》いて冷や酒を飲《や》りつつ、おりんの姿態を嘗《な》めまわすように眺めた。

「なぜ、刺青なんぞ彫った」

「さあ、なぜでしょう」

「もったいないことをしたな」

「旦那さまもおなじことを仰《おつしや》いましたよ。黒子《ほくろ》ひとつないからだに針を刺す。なんと罰当《ばちあ》たりな所業ではないかと」

「黒子ひとつないからだか」

「どうなされました」

「黒子なら、ひとつみつけたぞ」

金筋で描かれた鱗の狭間《はざま》に、たしかに黒子がひとつあった。

「よくぞ、みつけられたなあ。黒子をみつけたのは、あなたさまがはじめてじゃ」

「ほう、そうか」

古物商の旦那も愚痴を吐いたのは最初だけで、すぐさま刺青の虜《とりこ》になってしまったらしい。刺青には、男心を惑わす効果があるようだ。

「ふふ、媚薬《びやく》のごときものでござりましょう」

おりんは格子縞《こうしじま》の浴衣《ゆかた》を裸のうえに羽織り、襟も裾もひらいたまま側《そば》へ寄りそってきた。

「よい匂いがする」

「伽羅《きやら》を焚《た》きこみましたゆえ」

さっと袂《たもと》をひるがえし、おりんは八郎兵衛の顔を包みこむ。

ふくよかな乳房が鼻に触れ、すぐに離れていった。

「ほほほ」

練れた仕種に翻弄《ほんろう》され、八郎兵衛は自分を失いかける。

おりんは横座りになり、手酌ですいすい盃を干していった。

「強いな、酒が」

「そんな女はお嫌い」

「嫌いではない」

おりんは頬を桃色に染め、しどけない姿態で酒を注ぐ。

八郎兵衛はいっこうに酔えず、おもいきって問いかけた。

「そろそろ訊こうか」

「なにを」

「頼み事さ」

「頼み事。それならもう、どうでもよくなりました」

ふうっと溜息を吐《つ》き、おりんは寂しそうな顔をする。

抱きしめてやりたい衝動を抑え、八郎兵衛は盃を置いた。

「そうはいかぬ。はなしてくれ」

「はなせば、聞いてくださるの」

「おう」

真顔で質《ただ》され、うっかりうなずいた。

間髪入れず、おりんは厳しい口調で訴える。

「境《さかい》の関所を越えたいのです」

いっしょに越えてくれる男をさがしていたのだという。

「しまった」

額《ひたい》を叩いたところで、もう遅い。

わざわざ、関所を越えたいと頼む以上、女手形を入手できないのだろう。

――入鉄炮《いりでつぽう》に出女《でおんな》。

諺《ことわざ》にもあるとおり、手形の無い女の関所越えは命懸けの挑戦だ。ましてや、越中路最大の難関といわれる境の関所を越えたいとなれば、よほどの幸運でもないかぎり成功はのぞめない。

「厄介な相談だな」

八郎兵衛の顰《しか》め面《つら》を、おりんは蔑《さげす》むように睨みつけた。

「無理なのですね。それなら結構です」

「待て。やらぬとはいっておらぬ」

「ほんとうに」

「ああ」

ひとたび諾した以上、約束を反故《ほご》にはできない。

それが八郎兵衛の信条であり、唯一の取り柄でもある。

「もし、願いを叶《かな》えてくだされば……」

おりんは膝を寄せ、潤んだ眸子をむけてくる。

「……このからだを、どうとでもなさって結構です。もちろん、それだけではありませぬよ。報酬を差しあげましょう」

「報酬か」

箪笥《たんす》の抽斗《ひきだし》の奥から、おりんは五両判を携えてきた。

「どうぞ、これを」

「ほほう、これが噂の五両判か」

噛んでみなくとも、純度の高さはわかる。

昨夏、幕府は慶長小判並みとの触れこみで五両判を鋳造した。

老中水野忠邦の命による通貨対策の一環だった。

それにしても、命懸けの関所越えに五両とは、あまりに少なすぎる。

八郎兵衛の落胆を目敏《めざと》く察し、おりんは驚くような台詞《せりふ》を吐いた。

「一枚ではありませぬよ、その五両判を百枚差しあげましょう」

「……ご、五百両か」

八郎兵衛は惘然《ぼうぜん》とした。

「ただし、お金は関所の向こうにござります」

事をやり遂げたあとに払うという。

「ふん、そういうことか」

「お信じなりませぬか」

「いいや、信じよう。ほかに条件は」

関所を越えねばならぬ理由等、詳しい事情をはなすことはできぬという。

「まあ、よかろう」

「それから、もうひとつ」

「なんだ、まだあるのか」

おりんは、おもわせぶりに微笑んだ。

「このからだも」

関所越えのあとでなければ、抱かせてくれぬという。

「それでも、よろしゅうござりますか」

何やら騙《だま》された気分だが、八郎兵衛は憮然《ぶぜん》とした顔で徳利に残る酒を呷《あお》った。

二

北国街道は加賀の金沢から越中を経て越後の高田までを越中路、高田から村上までを越後路と呼ぶ。富山から東へ六里ほどの魚津《うおづ》から街道は上下に分かれ、黒部川を渡った泊宿でまた合流する。

泊から海沿いに一里半も進めば、越後との国境は目鼻のさきに迫る。

ただし、難所関所が三つも連なっている。ひとつ目は越中路屈指の難関といわれる境の関所、さらに境川を挟んで越後への関門となる市振《いちぶり》の関所、三つ目が街道最大の難所として知られる親不知《おやしらず》である。

五月晴れのうららかな一日、八郎兵衛は境の関所を指呼《しこ》においた。

月代《さかやき》を剃ったせいで、別人のように男ぶりがあがってみえる。

六尺余りの堂々とした体軀《たいく》を打裂羽織《ぶっさきばおり》に包み、肩で風を切って歩くすがたは江戸南町奉行所で活躍したころの勇姿を髣髴《ほうふつ》とさせた。

が、江戸に住んでいたこと以外、おりんには素姓《すじょう》を明かしていない。

尋ねられても喋る気はなかった。

来し方を振りかえっても仕方ない。

男装に身を変えたおりんが引きつった笑みをかたむけてくる。

「いかんな、目が泳いでおるぞ。堂々と胸を張れ。心の底から男なのだとおもいこめ」

「はい」

おりんは散々に迷ったすえに豊かな黒髪を切り、渡り中間《ちゅうげん》風の銀杏髷《いちょう》に結いなおした。

晒布《さらし》をきつく巻いて胸の膨らみを隠し、白い手足には手甲脚絆《てっこうきゃはん》を巻いている。脇差《わきざし》を帯び、挟箱《はさみばこ》まで担いだ扮装《ふんそう》は侍に仕える従者にもみえるが、可憐《かれん》な面立ちだけは隠しようもない。

顔じゅうに泥を塗りたくり、どうにかごまかしている。

通常の関所ならば、おそらく、誰何《すいか》もされずに素通りできるだろう。

男はどのような身分でも、罪人でないかぎりは手形無しで関所の通過を赦《ゆる》されているからだ。武士は将棋の駒形の木札、庶民は名主《なぬし》の発行する紙の手形ということもあったが、今はそうした必要もない。

一方、女の詮議《せんぎ》は厳しい。まず、手形無しでは通してくれない。髪型ひとつちがっても追いかえされ、関所破りが発覚すれば加担した者もふくめて磔《はりつけ》獄門は免《まぬが》れなかった。

ましてや、向かうさきは「関格の厳重なること日本随一」と称される難関、砦《とりで》の体裁をととのえた関所内には数多《あまた》の役人が控えている。噂では鉄炮七十挺《ちょう》に弓三十張、槍《やり》七十本余りが常備されているとも伝えられ、いざとなれば斬りこんで活路を拓《ひら》くというわけにはいかない。

「伊坂さま」

「なんだ」

「少しお待ちいただけませぬか」

小用らしい。

おりんは頰を赤らめた。

月代を剃った中間姿も可愛らしいものだ。

「詮方あるまい」

「すみません」

道端の笹藪《ささやぶ》に分けいり、おりんは尻を出して屈《かが》んだ。

八郎兵衛は通りすぎる旅人たちに、警戒の目を向ける。

日和《ひより》のせいか、旅人の数は多い。

役人がさばききれず、安易な取りしらべで済ましてくれることを願った。

「あとは野となれ山となれだ」

八郎兵衛の腹は決まっている。

捕縛されたら、首を差しだすまでだ。

泊の仕舞た屋には、老人をひとり残してきた。

虫の知らせでもあったのか、出立の直前になって古物商の旦那がひょっこり顔を出したのだ。仕方なく雁字《がんじ》搦《がら》めに縛りつけ、猿轡《さるぐつわ》まで填《は》めた。家人によって、いずれはみつけだされるにちがいない。

妾暮らしもわるくはなかろうが、おりんには関所を越えねばならない理由がある。理由を問うなと請われても、勘ぐりたくなるのが人情だ。

金のためか、それとも男のためか。

髪を切ってまで越えたいというかぎりは、のっぴきならない事情があるのだろう。しかし、今は問うまい。

目前の難関を越えることだけに気を向けねばならぬ。

ふたりは松並木を抜け、いよいよ境の関所へ迫った。

左右に石積みのなされた一本道のさきには馬防柵がみえ、冠木門《かぶきもん》の脇には六尺棒を手にした門番が仁王立ちしている。

八郎兵衛とおりんは意を決し、門をくぐりぬけた。

左手には小屋があり、手続きを担当する小役人が鋭い眼差《まなざ》しを投げかけてくる。

「ご生国ならびにご姓名をお願いつかまつる」

「ふむ、筆は」

「ここにござる」

風体が侍なので、一応は敬語を使われる。

八郎兵衛は筆先を嘗めた。

小役人のかたわらには、女改めをおこなう人見婆《ひとみばばあ》が控えている。

気を配らねばならぬ相手だ。

婆はねちっこそうな眼差しで旅人を観察し、わずかでも疑いがあれば小役人の耳もとへ何事かを囁く。

「ありゃおなごじゃ、へこんだ膝頭をみりゃすぐにわかる」

などと囁かれたら最後、おりんは裏手の小屋へ引ったてられる。

最大の難関は役人ではなく、人見婆であった。

女手形を所有する者でも粗末な小屋へ連れこまれ、裸に剝かれたうえに脚をひらけとまで命じられる。

妙なものを領外へ持ちだしはしまいか、じっくり検査されるのだ。

さいわい、おりんの男装は見破られなかった。

ふたりは胸を撫でおろし、陣屋と見紛《みまが》うばかりの建物を右手にしながら白洲へとみちびかれていった。

白洲で関守《せきもり》に面通しをおこない、何も無ければ出口へ向かうことができる。まるで咎人《とがにん》だなと、八郎兵衛はおもった。

咎人の気持ちなら、誰よりもよく知っている。何人もの悪党に縄を打ってきたし、咎人として白洲に引ったてられたこともあった。京都で女犯《にょぼん》の嫌疑を掛けられ、町奉行所の玉砂利に膝を埋めたのだ。冬の三条河原にも晒された。白洲をみれば、苦い想い出が甦《よみがえ》ってくる。

八郎兵衛はおりんを背後に控えさせ、雛壇《ひなだん》に座る関守を仰ぎみた。

烏帽子《えぼし》の似合わぬ肉厚の丸顔、固太りの体軀に仰々しい羽織袴《はかま》、偉そうな八の字髭を生やした四十男だ。町奉行のように威厳を繕《つくろ》ってはいるものの、さほど鋭利な人物にはみえない。

「ふんふん」

関守は鼻を鳴らしながら、紙に記された生国姓名を読みあげる。

「江戸浪人伊坂八郎兵衛、ならびに従者新吉《しんきち》。面《おもて》をあげい」

命じられずとも、面はあげている。

旅の目途を問われ、八郎兵衛は越後の禅寺へ墓参りに向かうためと応じた。

通常はこの程度で終わりになる。面倒な詮議はない。

ところが、関守はいぶかしげに眉を寄せてきた。

「浪人身分で従者を伴うておるとはな。わけを聞かせよ」

「箔《はく》を付けるためにでござる」

「箔を、なんのために」

「仕官のため。武士ならば当然でござろう」

「ははあ、なるほど」

「ご納得いただけましたかな」

「ふむ、して首尾は」

「知れたこと。武士にとっては受難のときにござる。それを証拠に、御城下にても門前払いを食らいました」

「や、それは気の毒な。浪人になる以前はなにをされておった」

下手な嘘を吐《つ》かず、ここは正直に応《こた》えたほうがよかろう。

「もとは幕臣にござる」

「幕臣とな」

「南町奉行所の同心でした」

「ほほう、十手を預かっておったわけか。それを証明できるものは、お持ちかな」

困った。なにかの嫌疑を掛けられているようだ。

「証《あか》しなどございませぬが」

「さようか。まずいな」

「と、申されますと」

「魚津で人を斬った浪人者がおってな。商家へ押しこみ、金子《きんす》を奪って逃げたのよ」

下手人の探索をおこなうべく、関所にも人相書きが回覧されてきたという。

「これは心外。拙者《せっしゃ》が盗人《ぬすっと》の顔に似ておるとでも」

「いや、そうではない。念には念を入れてのこと」

身の潔白を証明できるものはないかと、関守は執拗《しつよう》に迫ってくる。

「こんなものでよければ」

ふと、おもいだし、八郎兵衛は黄ばんだ奉書紙を差しだした。

さっと目を通し、関守は嘆息を洩らす。

「おう、これはご無礼つかまつった」

差しだされた奉書紙は、立身流免許皆伝の目録であった。それだけではない。北辰一刀流の開祖千葉周作によって認《したた》められた剣術指南役の推輓状《すいばんじょう》も添えられている。まんがいちのために用意していた代物だった。

「いや、おみそれつかまつった。それがしも公用で江戸へのぼったみぎり、お玉が池の道場へ足をはこんだことがござってな、音に聞こえし千葉先生の御演武を道場の端から見学させてもろうたのじゃ」

関守は神田お玉が池にある玄武館《げんぶかん》の想い出を語り、感慨深げな仕種を装いながら、さまざまな問いをぶつけてくる。

なにを訊かれようが、たじろぐことはない。

八郎兵衛は千葉周作と申しあいをおこなったこともあり、その際には三本のうちの一本をとっていた。

――真剣の立ちあいでは五分と五分。

千葉が世辞抜きに吐いた逸話をはなしてやると、関守はたいそう喜んだ。

「できうることなら、貴殿のお手並みを拝見したい」

「せっかくのご所望ですが、さきを急ぎます」

「さようか。ならば、無理強《じ》いはすまい」

どうやら、信用されたらしい。

八郎兵衛は点頭し、白洲を去りかけた。

「待たれい」
刹那、関守の重々しい声が背中に投げつけられた。
心ノ臓が口から飛びだしそうになりながらも、八郎兵衛は平然と首を捻《ねじ》りかえす。
「ほれ、たいせつなものを忘れておる」
関守は配下の役人を走らせ、目録と推輓状を返してくれた。
まだ運がある。千葉先生に感謝しなければなるまい。
八郎兵衛はようやく白洲から解放され、出口に向かって歩きはじめた。
蒼褪《あおざ》めた顔のおりんが、しがみつくようについてくる。
冠木門を抜けると、境川の川面《かわも》が金色に煌《きら》めいてみえた。
対岸に控えるのは市振の関所だ。
関所から出るのは厳しいが、入るのは存外に容易《たやす》い。
さして苦もなく通りぬけられることだろう。
市振の関所を抜ければ、もはや越後である。

三

市振宿の旅籠《はたご》で旅装を解き、ふたりは泥のように眠った。

翌朝は暗いうちに起きだし、早々に宿場をあとにする。

市振から糸魚川《いといがわ》までは五里七町。途中には飛騨《ひだ》山系が日本海へ突きだした天険、親不知がある。

旅の案内に「岸高くして人馬通りがたし」と記された断崖絶壁の狭間を、八郎兵衛とおりんは二里にわたって歩きつづけた。

親不知という名は平頼盛《よりもり》の妻が夫を追って越後へ入国する際、二歳のわが子を波にさらわれた逸話にちなむという。岸壁に砕けちる波音を聞きながら、ずいぶん手荒い歓迎だなと、八郎兵衛はおもった。

厳冬期であったならば、足がすくんで一歩も動けなかったことだろう。

夕刻、糸魚川の宿場へ達したところで、ようやく、おりんは肩の力を抜いた。

「ここまでくれば、もうだいじょうぶ。伊坂さま、旅籠をさがしましょう」

「よし」

おりんは勝手知ったる者の風情で、往来を闊歩《かつぽ》しはじめた。

八郎兵衛はまだ、約束を果たしてもらっていない。関所破りの報酬は、おあずけにされたままだった。

おりんは『翡翠屋《かわせみや》』という旅籠のまえで足を止め、番頭に差しだされた宿帳に「中間新吉」と書きつけた。『翡翠屋』の表口には、ひと抱えほどもある翡翠《ひすい》の原石が飾ってある。番頭の説明によれば、町屋へ流れこむ姫川支流の蛇紋岩《じやもんがん》から採取されたものという。

「翡翠は糸魚川、黄金は佐渡と申します」

番頭は謡《うた》うように口ずさみ、ふたりを二階の客間へ案内した。

八郎兵衛にとっては、ここからが正念場だ。

無事に関所を越えた以上、おりんが逃げぬ保証はどこにもない。

「さあて、どうするよ、おりん」

「ふふ、首に鈴でもつけなさるかえ」

「鈴の代わりになるものが欲しいな」

「伊坂さまは十手持ちであったそうな。あれはまことのはなし」

「ああ、まことだ」

「それなら、縄で括《くく》っておしまいになられませ。おりんは性悪《しょうわる》なおなごゆえ、一分の遠慮もいりませぬ」

「そうだな。後ろ手に縛りあげ、梁《はり》にでも吊《つる》しておくか」

「ようござりますよ。ただ、そのまえに髪をどうにかしたい」

「剃るのか」

「蒼々と剃りあげ、こんどは尼になりましょう」

「困ったな。尼を抱けば罰が当たる」

「よいではありませぬか。おりんを法悦《ほうえつ》にみちびいてくだされませ」

「法悦か。うん、ならば、はやいとこ剃ってしまえ」

「はい」

おりんは小器用に剃刀《かみそり》を使い、頭髪を丸々と剃りあげてしまった。

そぞろな心持ちで待っていると、頼みもしないのに酒膳がはこばれてくる。

番頭に過分な心づけを渡しておいたので、いくばくかの配慮をみせたようだ。

酒膳には越後の地酒と山海の珍味が並び、ふたりは呑みに呑み、食いに食った。

ほどよく酔いもまわったころ、おりんは小首をかしげ、流し目をおくってきた。

「汗を掻きましたなあ」

着物の襟を深くさげると、濡れ手拭いで首筋を拭きはじめる。

なだらかな肩の稜線を強調するように、ゆっくりと着物を脱いでいった。

実った乳房が、ぽろっとこぼれおちる。

八郎兵衛は生唾を呑みこんだ。

表は神々しいばかりの白い肌、裏に返せば色鮮やかな刺青《こうごう》。蒼剃りの頭で胸を膨らます女の姿態が奥深いところを刺激する。

「さ、伊坂さまも帯を解かれませ。おからだを拭いてさしあげましょう」

いわれるがままに立ちあがり、一糸纏わぬすがたになる。

おりんは膝立ちになり、彫像のごとき裸体を慈しむように拭きはじめた。

このまま罪業のすべてが拭われてしまえば、心も軽くなるにちがいない。禅の諭す無我の境地に身を置き、不邪淫の戒律を守りつつ、あわよくば剣の道などを究めることもできよう。

だが、おりんの坊主頭はあまりに淫《みだ》らすぎた。

偽りのすがたとはいえ、裸体の尼に傅《かしず》かれているのだ。

抗《あらが》いがたいものを冒瀆《ぼうとく》したい欲求に駆られ、どうにも耐えがたい心持ちにさせられた。

八郎兵衛は、おりんの顎を引きあげた。

黒目がちの瞳が、挑むように睨みつけてくる。

「嬲《なぶ》ってね。いいでしょ」

「この、けだものめ」

八郎兵衛はおりんを仰臥《ぎようが》させ、厚みのある朱唇《くちびる》を吸った。息が詰まるほど吸い、舌を口のなかへ捻《ね》じいれる。捻じいれて絡ませながら、繊細な手ぶりで乳房を撫でた。

「う……ああ」

首筋から肩口に舌先を滑らせ、固くなった乳首を嚙んでやる。

喜悦の声に擽《くすぐ》られながら、八郎兵衛は一匹の獣と化していった。

「……お、おねがい」

熱い吐息を掛けられるや、痺れるような快感が奔《はし》りぬける。

「……だめ、いや」

おりんは身を捩《よじ》らせ、苦悶《くもん》の顔で訴えかけてきた。

からだを波のようにうねらせ、弓なりに仰《の》けぞり、四肢を痙攣《けいれん》させる。

何度となく妙適《みようてき》を迎え、法悦の境地を味わっているのだろうか。

おりんは狂わんばかりに乱れ、仕舞いにはがっくりと頭《こうべ》を垂れた。

「愛《う》いやつ」

柔肌《やわはだ》のほかに、報酬などはいらぬ。

八郎兵衛は忘我の境地でそんなふうにも考えたが、五百両もの大金を頂戴できるというのなら逃す手はない。

「おまえさま、お金のことを考えているのでしょう」

おりんはそれと察して身を離し、肌着で胸もとを隠す。

「お金はね、海を越えたところにござります」

「なにっ」

「出雲崎《いずもざき》から船に乗るのですよ」

「佐渡か」

「はい」

嫌な予感がする。

流人《るにん》の島へ渡らねばならぬのか。

「わたしは、相川《あいかわ》の花街《かがい》にいた女です」

おりんは、訥々《とつとつ》と素姓を語りはじめた。

半端者の情夫《いろ》に騙され、花街から場末の女郎屋へ鞍替《くらが》えさせられた。越中の泊宿へは三年前に流れつき、運良く馴染《なじ》みとなった古物商の老人に身請けしてもらったのだという。

「父は山師《やまし》でした。今日は石見《いわみ》、明日は伊豆。日本全国に散らばる金銀山を股に掛け、腰を落ちつけたさきが佐渡の相川」

「山師とはな」

相川といえば、金よりも銀である。明《みん》から清へ、唐土《もろこし》の大地に勃興した歴代の国は交易貨幣に銀を選んだ。ゆえに、幕府は金よりも銀の採掘を優先した。佐渡も例外ではない。

銀山開発で沸く相川には、鉱石を掘る大工をはじめ、鉱石の運搬を担う穿子《ほりこ》や精錬に携わる買石《かいし》などが大勢集まった。元和《げんな》年間の最盛期に人の数は五万人にも達し、七十余りの町村ができあがったという。山師たちはつぎつぎに鉱脈の露頭《ろとう》をみつけ、幕府に納められた銀の量は年間八千貫から一万貫にものぼったらしい。

今は往時の面影も薄れ、佐渡全体でも金銀の生産は激減している。

山師も割りのよい商売とはいえなくなったが、おりんの父は佐渡奉行からも重用されるほど有能な男だった。算学に堪能な振矩師《ふりがねし》でもあり、高度な測量技術をもって坑道の掘削や排水の青図を描くことができたからだ。

そんな父を十四で亡くし、おりんは天涯孤独の身となった。父の遺《のこ》した財産を悪い大人たちに食いつぶされたのちは、実入りのよい生活《たつき》の手蔓《てづる》を求め、春をひさぐようになった。

いっときは廓《くるわ》の花と呼ばれ、傾城《けいせい》の頂点に昇りつめたものの、どうしようもない男に騙されて掃きだめに身を落とし、仕舞いには佐渡を捨てざるを得なくなった。

流れついたさきが泊宿だったというわけだ。

「捨てる神あれば拾う神あり。古物商の旦那にはどれだけ感謝しても足りない」

と、おりんは溜息を吐く。

だが、安楽な妾暮らしを捨ててまで、関所越えという大博打《おおばくち》を打たねばならなかった。

「目途は金か」

「それもあります」

「というと、男か」

「はい」

おりんは長い睫毛《まつげ》を瞬《しばたた》いた。

「未練を残してまいりました」

相惚《あいぼ》れの男は、名を伊佐次《いさじ》という。

江戸から連れてこられた水替人足で、道端に倒れているところを助けたのが出逢いのきっかけだった。

伊佐次は坑道内で油煙や粉塵《ふんじん》を吸うと発症する珪肺《けだえ》なる病《やまい》に罹《かか》っており、裏長屋に連れこんで何日も介抱してやった。年恰好《としかっこう》や不幸な境遇が似かよっていたこともあって、ふたりはすぐに親密な間柄となった。

水替人足は人別帳から外された無宿人だ。無宿人減らしの一環として、伊佐次は過酷な離島の坑道へ送りこまれた。罪人ではないが、あつかいは似たようなものだ。来る日も来る日も坑道を掘り、地下水や土砂を運びだす。

「そんな男に逢いたいがために、関所越えを」

おりんは涙を溜め、こっくりうなずいてみせる。

「あのひとのことが忘れられない。どうしても、忘れられない」

だから、戻ってはいけない相川へ、戻る決意を固めたという。

「わたしは追われる身なのです」

相川の代官をはじめ、今でも役人たちは血眼《ちまなこ》になって捜している。地元の破落戸《ごろつき》連中からもつけねらわれ、進退窮まったすえに佐渡を脱出したのだと、おりんはつぶやく。

「なぜ、追われておる」

「みんな、幻の絵図が欲しいのです」

「幻の絵図だと」

おりんの父が遺した代物で、複雑な絵模様のなかには金鉱脈の所在が隠されているという。

何年ものあいだ、存在すら疑われてきた。ところが、父の山師仲間と称する男の口から「娘に託されたらしい」との噂がひろがり、さまざまな連中が鎬《しのぎ》を削るように絵図を求めた。

「御代官さまの陣屋へ出頭させられたこともありました。お人払いをなされ、金五百両と交換に絵図を渡せと仰います。ああ、これはもう悪事をはたらこうとしておられると察し、その場を取りつくろって逃げました」

「幻の絵図なるものを、そなた、まことに携えておるのか」

八郎兵衛は、喘《あえ》ぐように身を乗りだす。

おりんが、きっと睨みかえした。

佐渡の金銀山には、掘りだされた金銀を幕府と山師が分けあう御直山《おじきやま》の定めがあった。代官が邪心を抱いたことでもわかるとおり、採掘の権利は膨大な金額で取引される。生涯、遊んで暮らせるほどのお宝を手にできるとなれば、誰であろうと黙ってはいられない。

「絵図はありますよ、どこかにね」

隠し場所を教えろと脅しあげたところで、おりんは口をひらくまい。

八郎兵衛は喉の渇きをおぼえた。

「わたしは相川へ立ちもどり、御代官さまにお目通りを願うつもりです」

絵図と交換に五百両を受けとり、伊佐次を水替人足から解放してもらう。

いくらかは貯蓄もあるので、ふたりで静かに暮らしていきたいのだと、おりんは眸子を潤ます。

「わしに約束した報酬とは、悪代官の五百両なのか」

「この目でちゃんとたしかめましたよ。御代官さまが山吹色の五両判を堆《うずたか》く積まれるところをね」

「相手は海千山千の代官だぞ。騙されるにきまっておるわ」

「でも、御代官さまはお約束してくださいました。絵図さえ渡せば、わるいようにはしないと」

「けっ」

八郎兵衛は痰壺《たんつぼ》を引きよせ、唾を吐いた。

「でまかせだ。五百両もの大金を素直に手渡す悪党はいない」

「わかっております」

「ほう、策はあるのか」

「あるような、ないような」

おりんは、悪戯《いたずら》っぽい笑みを浮かべてみせる。

「どういうことだ」

「わたしには、伊坂さまがついております」

「へっ」

「守ってくださりますね」

「きめつけるな。わしが悪党ならどうする」

「あきらめます。でも、信じております。伊坂さまは吉をくれたから」

「吉だと」

「枇杷の実にござります」

おりんの嫣然《えんぜん》と微笑む顔は、金比羅神社の境内で目にした顔とおなじだ。

「こうして尼に化ければ都合もよいでしょう。佐渡へ渡っても、何日かは勘づかれる心配もない」

正体がばれた途端、おりんのもとへは蠅《はえ》どもが群がってくる。

八方敵だらけの島で、蠅どもを打ちはらわねばならぬのだ。

「ちょっと待て。わしは人を斬る約束はしておらぬぞ」

「お金が欲しいのなら、手伝ってくださいな」

おりんは蓮《はす》っ葉《ぱ》な物言いで気を惹《ひ》こうとする。

「騙したな」

まんまと、用心棒に仕立てあげられた。

「最初《はな》から、そのつもりだったのか」

呆《あき》れた顔で質《ただ》すと、おりんは甘えるようにしなだれかかってきた。

「好いた男に逢わせて。ね、お願い」

半泣きを装いつつも、しどけない仕種で胸に頬をつけてくる。

おなごとは、わからぬものだ。

八郎兵衛は深々と溜息を吐きながら、おりんの坊主頭を撫でまわした。

四

糸魚川から高田城下を経由し、出雲崎までは三十三里弱。途中で駕籠《かご》を使ってもたっぷり六日はかかった。

古来の都人《みやこびと》に「これより奥は異人の住む国」とさげすまれた米山峠《よねやま》を越え、鯨波《くじらなみ》、柏崎《かしわざき》、宮川《みやがわ》と海沿いの宿場町を進んできた。

鵜川《うかわ》の河口に拓かれた柏崎では、昨夏、大塩平八郎の乱に触発された武装蜂起が勃《お》こった。元上州館林《たてばやし》藩士の生田万《いくたよろず》が窮民救済を訴え、桑名《くわな》藩の陣屋を襲撃したのだ。大塩の「義挙」に共感する八郎兵衛には、感慨深い地でもあった。

芒種《ぼうしゅ》から夏至《げし》へ近づくにつれ、降りつづく雨は鬱陶《うっとう》しいものに変わる。

このところは雨つづきで、今日も朝からどんよりとした雲が垂れこめていた。

健脚自慢の八郎兵衛にとって、女連れの旅はもどかしい。それでも、道端の花を摘むおりんのすがたに目をほそめ、このままどこまでも旅をつづけたいなどと切実に願うこともあった。

「柄《がら》にもないことを」

楽しい旅路を空想しても、やるせなさが募るだけだ。

糸魚川の旅籠で睦《むつ》みあって以来、八郎兵衛はおりんの肌に触れていない。拒まれたわけではなく、求められることもあったが、触れる気にならなかった。おりんには惚れた男がいる。命懸けで関所越えに挑む決意をさせるほど惚れぬいた男がいるかぎり、最初からふたり旅の終着点は定まっていた。

降りしきる雨のなかに、菖蒲の花が咲きほころんでいる。

出雲崎は佐渡と同じ天領だが、代官の陣屋は隣接する尼瀬《あまぜ》の湊《みなと》に置かれていた。

松尾芭蕉《まつおばしよう》が浜辺に立って「荒海や佐渡によこたふ天河《あまのかは》」と詠《よ》んだのは、今から百五十年前、元禄二年夏のことだ。

海燕《うみつばめ》の群れとぶ入り江には、大小の北前船が舳先《へさき》を並べていた。

蝦夷地からは年間で塩鱒《しおます》五万本、塩引鮭《しおびきじやけ》二十万本などが運びこまれ、大坂へは八万俵もの米が積みだされるという。

出雲崎はまた、罪人を遠流《おんる》の島へ送りだす湊のひとつでもあった。

ふたりは潮風に吹かれ、廻船の詰め所を訪ねた。

袈裟衣《けさごろも》で尼を装ったおりんは、頭と顔の大半を白頭巾《ずきん》で覆っている。

兄妹《きようだい》で佐渡の札所を遍路するのだと説明したところ、役人は疑う様子もなく渡航手続きをとってくれた。

寄港地の赤泊《あかどまり》までは海上十里、小船でも半日足らずで渡りきることができる。赤泊からは小木《おぎ》、真野《まの》と、佐渡の括《くび》れた南西岸に沿って相川街道をたどる。めざす相川までは、十五里弱ということになろう。

八郎兵衛の想像する佐渡といえば、高波が岩肌にあたって砕けちる荒々しい冬の光景しか浮かんでこない。罪人や水替人足はろくな食べ物もあたえられず、暗い坑道のなかで重労働を強いられ、厳しい冬を越えられずに死んでいく者も多いと聞く。

しかし、おりんは遠流地の暗い印象ではなく、むしろ、島に点在する古刹《こさつ》名刹や霊験あらたかな札所《ふだしょ》、鬼太鼓《おんでこ》の勇壮さや薪能《たきぎのう》の幽玄、山海の豊かな恵みや湊の賑わいなどを懐かしげに語った。

なるほど、佐渡には多くの宮廷人が流され、日蓮《にちれん》や世阿弥《ぜあみ》も流された。その道を究めた人々によってもたらされた豊饒《ほうじょう》な文化が、連綿と息づいている。

船は日本海へ漕ぎだし、白波を悠々と切りさいた。

雨はあがり、曇天の切れ間から一条の光が射しこんでいる。

「あ、観音様《かんのんさま》」

おりんの目には、観音菩薩《ぼさつ》の降臨にみえたのだろうか。

黄金の光射す海を渡れば、補陀落浄土《ふだらくじようど》が待っている。

おりんは、幻とされる絵図のありかを口にしない。

おそらく、相川のどこかに隠されているのだろう。

八郎兵衛は舳先に立ち、潮風を胸腔《むね》いっぱいに吸いこんだ。

やがて、巨大な島影が輪郭をあらわにしはじめた。

島を斜めに縦走する大佐渡山地の西端、中山峠を越えると、黄金に彩られた湊町が俯瞰《ふかん》できる。

相川を指呼《しこ》においたのは、翌夕のことだった。

おりんは興奮の面持ちで、峠を駈けおりていく。

めざす地が近づけばそれだけ、別れを強く意識しなければならない。

八郎兵衛はなにやら、物悲しい気分にとらわれた。

相川は日本海に面し、大陸風が妙見山《みようけんさん》に激突する南端にあたっている。奉行所と代官陣屋も所在し、佐渡行政の中心地にほかならない。

金銀山は町の北東へわずか十四町ほど、渓谷の狭間に隆起した台地上にあった。

関ヶ原の激闘が繰りひろげられた翌年、三浦治兵衛《みうらじへえ》なる山師が濁川《にごりがわ》を遡《さかのぼ》って「道遊《どうゆう》の割戸《われと》」と称する露頭を発見したことにはじまるという。

開山当初より、金銀の産出割合は金一にたいして銀二十であった。

――掘れよ、殖《ふ》やせよ。

幕府のお偉方に煽《あお》られ、全国津々浦々から一攫千金《いっかくせんきん》を夢見る男たちが集まり、相川は五万人を超える大所帯になりかわった。

大勢の金穿人足《かなほり》を食わすには、年間八万石の米を調達しなければならない。

佐渡の年貢米は二万石程度だったので、対岸の越後においては新田開発が推進された。金銀の精錬に欠かせない塩と鉛、暗い坑道内を照らす蠟燭《ろうそく》や油等の必需品、家屋を建てるための木材なども大量に持ちこまれた。

ところが、果てしない人の欲望は乱掘を呼び、やがて、出水を放置したままの捨山《すてやま》が続出するようになった。隆盛を誇った期間はせいぜい五十年である。今の相川に往時の面影はない。

おりんは奉行所へ通じる大路を避け、河岸《かし》の裏手に張りつく女郎屋へ向かった。

いかがわしい雰囲気のただよう一角にはみすぼらしい局《つぼね》長屋が軒をつらね、格子窓の暗がりから歯の抜けた女郎たちが細腕を揺らめかしている。

すでに陽は落ち、飄客《きやく》の人影もちらほらみえた。

図体のでかい侍と比丘尼《びくに》のとりあわせは、誰の目からみても不自然だ。

「伊坂さま、こちらです」

おりんは袋小路のどんつきまで進み、ふっと暗がりへ消えた。

消えたとおもったあたりに、掃きだめが口を開けている。

間口二尺の無双窓から内を覗《のぞ》けば、狭い土間と二畳の座敷があるだけだ。蒲団《ふとん》はふたつにたたんであり、粗末な鏡台と煙草《たばこ》盆がみえる。「鉄炮女郎」などと揶揄《やゆ》される売女たちが酔客を誘いこむ穴蔵だった。

饐《す》えた臭いに顔を顰《しか》めていると、おりんが無双窓から顔を差しだした。

「おはいんなさいな」

行灯《あんどん》に火を灯《とも》すと、皹《ひび》割《わ》れた漆喰《しっくい》の壁が浮かびあがった。

背の低い天井には蜘蛛《くも》の巣が張り、朽ちかけた畳には南京虫《なんきんむし》が這っている。

「三年前はここにいたのさ」

と、おりんは寂しげに微笑む。

蒲団があるということは、ほかの誰かが代わりに使っているのだろう。

「勝手にはいってもよいのか」

「かまいませんよ。四半刻もすれば、おしま姐《ねえ》さんが顔を出すはず」

どうやら、おしまという抱え女房が島で唯一信頼できる相手らしい。

南京虫を潰《つぶ》しながら待ちつづけると、おりんの言ったとおり、灯籠鬢《とうろうびん》に厚化粧の年増がいそいそあらわれた。

「姐さん」

「うえっ」

おしまは名を呼ばれ、驚いた顔で後ずさる。

おりんは坊主頭を無双窓から突きだし、にっこり笑ってみせた。

「姐さん。おれら、おりんらよ」

「うひょう。おめえ、生きてたあんだか」

「尼に化けたすけ、わからんかったろう」

「ああ、わからんかった」

おしまは無双窓へ近づき、もう一度ぎょっとした。

胡座を掻いた八郎兵衛が、上目遣いに睨みつけたのだ。

「姐さん、こんひとなら心配ねえ。ただの浪人者だすけ」

「そうけ、ただの浪人者けえ」

あまり、よい気分ではない。

どうせ、おれはただの浪人者だ。

八郎兵衛は鼻をほじりながら、邂逅《かいこう》を喜びあうふたりの様子を眺めた。

おりんがまっさきに訊《き》きたかったのは、伊佐次のことだ。

なによりもまず、安否が知りたいのだろう。

「生きてるよ、伊佐次は」

おしまの投げつけるような物言いに、おりんは眉をひそめた。

「所帯でも持ったのけ」

「いんや、もっとわりい」

博打にうつつをぬかし、身をもちくずしてしまったという。

「いまは鬼六《おにろく》一家の半端者ら」

鬼六一家とは沖荷役を束ねる連中で、代官にせっせと賄賂《わいろ》をおくり、あくどいことをやっているらしい。

「おれのせいだ」

おりんは、わっと泣きだした。

おしまは慰めつつも、否定はしない。

おりんが島から消えた直後、伊佐次はおかしくなったのだ。

すでに鬼六の口利きで水替人足からも足を洗っていると知り、おりんは惚《ほう》けたような顔をした。

無理もない。

伊佐次を過酷な坑道から解放してやりたい一心で、越中から遥々《はるばる》もどってきたのである。

「そんでも、逢いてえのけ」

「うん」

「だば、言伝《ことづて》してやるすけ」

おしまに優しく言われ、おりんはこくっとうなずいた。

まるで、母親に叱られた幼子のようだ。

「世の中、そう甘くはないいな」

八郎兵衛は南京虫をみつけ、親指の腹でたちどころに潰す。

おりんは涙を拭き、つっと顔をあげた。

「姐さん、例のあれは」

「屏風《びょうぶ》け。とっておいたれ」

「わりいの」

「なじょうも。あげな小汚ねえ屏風、質草に入れたところで二束三文にもならねえすけな」

「幻の絵図に屏風、八郎兵衛はぴんときた。

元隠密廻りの直観がはたらいたのだ。

以前にも捕まえたことがある。盗んだ金のありかが記された絵図を、襖《ふすま》の下張りに隠していた盗人があった。

おしまに預けた屏風を解体すれば、下張りに使われた断簡《だんかん》あたりから隠し金山の絵図をみつけだすことができるにちがいない。

まちがいなかろう。

欲心が動いた。

絵図を奪えば、高く売ることもできよう。

交渉相手は代官でもよいし、鬼六という破落戸の親分でもよい。双方にはなしをもちかけ、高値で買ってくれるほうに絵図を渡し、大金を手にしてさっさと島を去ればよいのだ。

だが、おりんの恨みを買う。

やはり、できぬか。

八郎兵衛は暗闇のなかでひとり、できもしないことをあれこれと空想しつづけた。

五

おしまに連れていかれたさきは、窓から湊の灯《あか》りがみえる船宿の二階だった。木賃宿に毛が生えたような安宿だが、二階には離室《はなれ》もあり、袋小路の穴蔵にくらべれば天国と地獄ほどのちがいはある。

おりんは波音を聞きながら、頑《かたく》なに目を瞑《つむ》っていた。

語りかけても気怠《けだる》そうにうなずくだけで、自分からは喋ろうともしない。

好いた男に逢いたい気持ちと逢いたくない気持ちが交錯しているのだろう。

夜更けになり、海風が音を起《た》てて吹きはじめたころ、伊佐次はやってきた。

外見はひょろ長い優男《やさおとこ》で、勇み肌風に髱《たぼ》をふっくら張りださせ、髷の刷毛先《はけさき》を散らして天井に向けている。右肘の内側には、水替人足の証しである「サ」の字が入墨されていた。

翳《かげ》りのある切れ長の眼差しは、伊佐次の深い孤独を物語っている。

なるほど、あの目にいかれちまったわけだな。

女心を擽る男だということは、八郎兵衛にもすぐにわかった。

「伊佐さん」

おりんは詰めた息を吐きだし、泳ぐように膝をはこぶと、障子戸《しょうじど》のまえにたたずむ伊佐次の腰にしがみついた。

伊佐次はおりんの坊主頭を抱えこみ、愛《いと》おしげに撫でながらも、八郎兵衛のことをじっと睨みつける。

「おりん、そいつは誰だ」

蒼剃りの坊主頭が、赦しを請うように伊佐次を仰ぐ。

おりんの洩らしたひとことは、八郎兵衛を傷つけた。

「安心して。ただの用心棒だから」

やはり、おりんにとっては、ただの用心棒にすぎぬのだ。

伊佐次に強烈な悋気《りんき》を抱いている自分が阿呆《あほう》におもえた。

「ふうん、なんで用心棒を雇った」

「あんたに逢うために……境の関所を越えたの」

おりんが必死に語る経緯《いきさつ》を、伊佐次は黙って聞きつづけた。

そのあいだも、八郎兵衛は油断のない眼差しを向けられ、ついに我慢の限界を超えたところで席を立った。

「どこへ」

おりんの不安げな様子に溜飲《りゅういん》をさげつつも、憮然とした顔で大刀を帯に差す。

「厠《かわや》だ」

後ろ手に障子戸を閉め、八郎兵衛は大股で廊下を渡りきった。

「ふたりでしっぽりやりゃいい」

階段を下りて外へ出ると、無数の星が瞬いていた。

つつっと寄ってきたのは、厚化粧のおしまだ。

「首尾はどう」

と訊かれ、八郎兵衛は肩をすくめた。

以前は真面目一本の男だったというが、今の伊佐次はまるでちがう。

狂犬のような目をしていた。

あれは人を殺《や》ったことのある目だ。

鬼六一家の世話になっているのも、何かの裏事情があってのことだろう。

八郎兵衛は浜辺をさまよったあと、南京虫の這う穴蔵でおしまを抱いた。

空が白々と明けるまで、船宿にはもどらなかった。

六

船宿にもどると、おりんは消えたあとだった。

門口で待っていたのは、蛇のような目をした岡っ引きだ。

「あいつは巳吉《みきち》だよ。あくどい野郎さ」

触らぬ神に祟《たた》り無しと囁き、おしまはどこかへ去っていく。

「困ったな」

安酒を浴びたので、頭痛がひどい。

巳吉は十手で肩を叩きながら、へらついた顔で近づいてきた。

「おめえが用心棒か。名は」

「のっけからそれか。でかい態度だな」

ぞんざいに応じてやると、巳吉は薄い眉を吊りあげた。

「江戸もんだってなあ。剣術の名人なんだろう。へへ、みせてほしいもんだ」

こちらの詳しい素姓は、まだ知らぬらしい。

巳吉は首を伸ばし、探るような目を向ける。

「おりんは預かってるぜ。伊佐の野郎が売ったのよ」

「ちっ」

「三年ぶりに拝んだ顔さ。おれはな、おりんをずっと追っていた。くりくりの坊主頭も可愛いもんじゃねえか、なあ」

「どこに隠した」

「片桐《かたぎり》右《う》京《きょう》さまの私邸だあ」

「片桐右京とは」

「御代官さまじゃねえか。知らねえのか」

巳吉は代官の走り使いなのだ。

「おりんは絵図のありかを喋らねえ。どれだけ折檻《せっかん》してもな。驚いたぜ。あの女、ものすげえ刺青を背負っていやがった」

「拷問にかけたのか」

「吊したりはしねえよ。死なれたら困っからな。だからよ、おめえを呼びにきてやったのさ」

「なぜ」

「おりんがそういった。絵図のありかはおめえに訊いてくれとな」

「ほほう」

妙なはなしだが、巳吉の言うことが真実なら、おりんは一《いち》か八《ばち》かの賭《か》けに出たことになる。聞こえよがしに屏風の件を洩らしたのも、こうなることを想定していたからかもしれない。

ともあれ、下駄を預けられた。

屏風の件を洩らすかわりに、おりんの身柄を救いだす。

うまく交渉すれば、金子《きんす》を引きだすこともできよう。

「よし、わかった。代官に会おう」

「最初《はな》から、そう言やいいのさ」

巳吉は皮肉を吐き、十手を懐中に仕舞った。

天領の佐渡には、役高一千石の佐渡奉行が君臨している。

筒井《つつい》阿《あ》波守忠親《わのかみただちか》という旗本出身の人物で、江戸町奉行の地位を虎視眈々《こしたんたん》と狙っていた。

遠国《おんごく》奉行をつつがなくまっとうできれば、出世の道もおのずとひらける。野心を横溢《おういつ》させた者にとって、佐渡奉行は腰掛けの役目でしかない。

だからといって、おろそかにできるほど安易な役目ではなかった。佐渡奉行は金銀山を統轄し、罪人を厳しく監視しなければならない。坑道の崩落で大量の犠牲者が生じたり、罪人の島抜けなどが発覚すれば、罷免される恐れもある。

一方、代官は一介の徴税官にすぎず、さほど大きな権限を持たされていない。年に一度、年貢高をとりきめるべく、江戸から勘定奉行の配下がやってくる。朝から酒盛りをやり、夜になれば淫蕩《いんとう》に耽《ふけ》る。江戸の能無し役人どもを接待するのが、代官のだいじな役目でもあった。かつては百姓の密訴で腹を切らされた役人もあったらしいが、悪習というものは廃《すた》れることがない。

片桐右京なる代官も毒水に浸《つ》かっているようだった。

佐渡奉行の目を盗み、いかがわしい鬼六一家などとつるんでやりたい放題の悪事をはたらいているのにちがいない。

天領の代官が悪の温床になっている例を、八郎兵衛は十指に余るほど知っている。

巳吉の吐いた代官の私邸は、町外れのうら寂しい竹林のなかにあった。

私邸とは名ばかりの隠れ家で、目つきの鋭い連中が警戒にあたっている。

用人らしき侍のすがたもみえるが、ほとんどは鬼六一家の破落戸どもであった。

冠木門をくぐると正面に茅葺《かやぶき》屋根の母屋《おもや》が建ち、広大な庭の片隅には土蔵がある。

厳《いか》つい番人が立っているところからすると、おりんは土蔵に閉じこめられているのだろう。

「さあ、こっちだ。ぐずぐずすんな」

巳吉に促され、八郎兵衛は母屋に足を踏みいれた。

上がり框《かまち》で待っていたのは、縦も横もある禿頭《とくとう》の巨漢である。

齢は四十前後か。

欲の皮の張った肉厚の顔が脂ぎっている。

「おれが鬼六だ」

巨漢は重々しく名乗り、胡乱《うろん》な眸子を向けてきた。

「片桐さまがお待ちだ。先刻から首を長くしてな。巳吉、おめえはもういいぜ」

「へい」

鬼六に顎をしゃくられ、岡っ引きの巳吉は消えた。

「おめえ、名は」

「伊坂八郎兵衛」

「でけえな。おれよりもでけえ男は何人もいねえ」

「挨拶はそのくらいにしておけ。はやいとこ案内しろ」

「けっ、いけすかねえ野郎だ」

長い廊下を渡り、深奥の八畳間へ通された。

開けはなしの障子戸越しに覗きこむと、床の間を背にして肥えた男が座っている。

驚いた。これほどの悪相には、お目に掛かったこともない。

顔が異様に大きく、額は瘤《こぶ》のように突きだしている。目鼻口、すべてが顔からはみだしそうなほどでかい。ことに、両目は飛びださんばかりのぎょろ目で、深海に棲息《せいそく》する鮟鱇《あんこう》を連想させた。

吊し斬りにしてもよいが、食いたくはないなと、八郎兵衛はおもう。

「わしが代官である」

額のあたりから疳高《かんだか》い声を発し、片桐右京は脇息《きょうそく》にもたれた。

「遠慮はいらぬ。座るがよかろう」

鬼六が片桐の脇に控えるのをたしかめ、八郎兵衛は下座に胡座《あぐら》を搔いた。

「ほほう、なかなかの面構えではないか」

余計なお世話だ。鮟鱇顔に言われたくはない。

「おぬし、用心棒だそうじゃな。まことか」

「まことだ」

「ふほっ、売女に雇われたのか」

「そのとおり」

「痩せても枯れても武士であろう。恥ずかしゅうはないのか」

「いっこうに」

「一片の意地さえも無くしてしもうたわけか」

「んなものは溝《どぶ》に捨てた」

「金か。金に転んだのか」

「まあ、そんなものだ」

「ふん、ならば、わしが金を積めば、いとも簡単に転ぶわけじゃな」

交渉を仕掛けているのだと、八郎兵衛は察した。

「無論、女の雇い料をうわまわるのなら、はなしに乗ってもよい」

「雇い料は」

「そっちがさきに条件をいえ」

「したたかなやつ。よかろう、絵図と引きかえに五百両でどうじゃ」

片桐は小鼻をぷっと張り、すべて純度の高い五両判であることを強調してみせる。

「足りぬな」

八郎兵衛があっさり切りかえすと、片桐は脇息から肘を落とした。

鬼六は牙を剝きそうな顔で、身を乗りだしてくる。

「なんと、足りぬと申すか」

「絵図には、金鉱脈の露頭が明確にしめされておる。含有量は途方もないぞ。なにせ運上銀五十七貫目で採掘権の落札を申しでた者さえあったというからな。しかも、たった三日間の採掘権だ」

どうせ嘘を吐くなら、大きいほうがよい。

片桐はぎょろ目をひっくりかえし、鬼六は息苦しそうに噎《む》せかえる。

「三日間で銀五十七貫目だと。金貨にして一千両ではないか。おりんに聞いたのか」

「そのとおりだ。父親の遺言らしい。信じる信じないは人それぞれ、勝手だがな」

「……じょ、条件をいえ」

鮟鱇は膏汗《あぶらあせ》を搔き、喘ぎはじめている。

八郎兵衛は胸を張り、凜然《りんぜん》と発してみせた。

「採掘権の一割を貰う。五百両は手付けだ」

「ぬわにっ、この強欲めが」

「おたがいさまだろう。いいか、よく聞け。明朝、おりんに五百両を渡し、本州行の一番船に乗せろ。出帆を見届けたら、その場で絵図を渡してやる」

「けっ、考えやがったな」

横合いから、鬼六が口を挟む。

「おりんをさきに逃がし、おめえが島に居残るって寸法かい。空手形を掴ましたら、おめえの首は飛ぶぜ」

「ああ、わかっておる」

「ふん、おめえがどれだけの技倆《うで》かは知らねえが、こっちにゃ腕の立つのがごろごろしてんだ。覚悟を決めときな」

「しつこいな。返事を寄こせ」

「御代官さま、どうなされます」

鬼六に水を向けられ、片桐は唸《うな》った。

「ふうむ、ここが剣《けん》が峰《みね》じゃな」

八郎兵衛は、一本眉をぐいっと寄せる。

「伸《の》るか反《そ》るか、腹を決めろ。え、悪代官」

「くうっ、口の減らぬ野良犬め」

「さあ、どうする」

「……わ、わかった」

鮟鱇は、真魚板《まないた》に載った。

七

短い夜が過ぎ、どこからともなく、明け六つの鐘の音が聞こえてきた。

今時分は一年でもっとも夜明けが早い。

八郎兵衛は眠い眸子を擦《こす》りながら、船着場へ向かった。

小脇に抱えているのは屛風だ。

おりんがおしまに預けた屛風は、腰ほどの高さにすぎない。二扇繫《つな》ぎの粗末な代物だった。下手くそな筆で菖蒲の絵柄が描かれているものの、大半は色褪せ、端のほうには黴《かび》まで生えている。

「こいつを解体すれば」

下張りに使われた断簡から絵図をみつけることができると、元隠密廻りの勘は囁いている。

だが、そうとも言いきれない。

はたして、下張りに絵図は隠されているのか。

隠されていたとしても、本物なのかどうか。

そもそも、金鉱脈は存在しないのではないか。

冷静に考えてみれば、眉唾なはなしだ。佐渡には捨山が点々としている。金は掘りつくされたというのが世間一般の常識だった。誰もがみな、当代一の名を轟《とどろ》かせた山師の遺言に踊らされている。娘のおりんでさえも、踊らされているひとりなのかもしれない。

鉱脈がなければ、貧乏籤《くじ》を引いたとおもってあきらめるしかなかった。

どっちにしろ、おりんの命は助かる。五百両という大金も手にすることができるのだ。

「なるようにしかならぬ」

湊は朝から喧噪《けんそう》に包まれていた。

繁華な場所を選んだのは、わずかでも遁走《とんそう》する機会を増やすためだ。

桟橋のそばに、鬼六の禿頭がみえた。

朝陽を浴び、照りかがやいている。

隣には十手を握った巳吉も控え、乾分《こぶん》どもが分厚い垣根を築いている。

偉そうに腕組みをした浪人風体の男は、鬼六の用心棒であろう。

が、おりんはいない。

代官のすがたもみえない。

「やはりな」

八郎兵衛は、ぺろっと丹唇《くちびる》を嘗《な》めた。

悪党に裏切りはつきもの。予想された事態ではある。

三間《けん》の間合いまで迫ると、八郎兵衛は足を止めた。

「逃げもせずに、よう来たな」

鬼六がせせら笑う。

「抱えてんのは衝立《ついたて》か」

「みりゃわかるだろう」

「ひょっとして、絵図は衝立のなかに」

「そうかもな」

「どうりで。どこをどう探してもみつからねえわけだ」

「おりんは」

「来ねえよ。代官の気が変わった」

「ほう」

「おりんはいい女だ。妾にしてえのだとよ」

「汚ねえな」

「まあ待て。五百両とは言わねえが、その半分は携えてきたんだぜ。ほれ、こいつをやるから消えな。野良犬にゃ過分の報酬だろうが。へへ、てめえの身の丈を考えるんだな」

鬼六の指示で、巳吉が笈《おい》を抱えてくる。

「ったく、つまらねえ役まわりだぜ」

ぶつぶつ言いながら笈をひらき、巳吉は相好《そうごう》をくずした。

「みてみな。山吹色がざっくざくだろう。さあ、そいつをよこしな」

八郎兵衛は、屏風と交換に笈を渡された。

鬼六がふんと鼻を鳴らす。

「そうだ。素直にしていりゃ首が飛ぶ心配もねえ。そうでしょう、先生」

腕組みをした浪人は「先生」と呼ばれ、薄い唇《くち》もとに不敵な笑みを湛《たた》えている。長身痩軀《そうく》、鰓《えら》の張った顔、額のしたにめりこんだ金壺眸子《かなつぼまなこ》は殺気を帯び、不気味な光を投げかけてきた。

「こちらの先生は、宇奈月原五郎右衛門《うなづきはらごろうえもん》さまと仰ってな、甲源《こうげん》一刀流の遣い手よ。武州随一の剣客さあ。てめえなんぞ、歯の立つ相手じゃねえ」

「甲源一刀流といえば、胴斬りか。それにしても、随分と長ったらしい名だな。とてもではないが、おぼえきれぬ」

「ごちゃごちゃ抜かすんじゃねえ」

「鬼六よ、ひとつ教えてくれ」

「なんだ」

「おりんは蔵のなかか」

「そうだよ。聞いてどうする」

「別に」

「ふへへ、あの女は天井から吊してある。散々に痛めつけたから、顔もからだも猪豚《いのぶた》みてえに腫《は》れあがっているぜ。今からな、ここにいる連中みんなで輪姦《まわ》してやるつもりさあ」

鬼六の台詞に、乾分どもがどっと沸いた。

正真正銘の悪党どもだ。

その確信が得られただけでも、足をはこんだ甲斐《かい》はあった。

八郎兵衛は表情を変えず、平板な調子でことばを継いだ。

「代官がおりんを妾にするってはなしは、嘘のようだな」

「嘘だろうがなんだろうが、おめえにゃもう関わりねえ。さあ、とっとと消えちまいな。おめえとはこれっきりだ。二度と島に来るんじゃねえぜ」

鬼六は踵《きびす》を返し、乾分たちもぞろぞろ去っていく。

最後にのこった巳吉が、捨て台詞を吐いた。

「おめえ、存外、意気地《いくじ》のねえ野郎だな」

壁蝨《だに》に言われたくはない。

この場で抜きうちに斬りすててもよいが、楽しみはあとにとっておこう。

連中はこちらが目先の金に釣られ、おりんを見殺しにしたとおもっている。

なるほど、金鉱脈さえみつかれば、おりんは殺されるにちがいない。

「させるかよ」

五百両は半分に減じられたものの、笈の重みがずっしりと肩に懸かってくる。

桟橋には廻船が横付けにされ、纜《ともづな》を解きはじめていた。

波はどこまでも穏やかで、船出には申し分のない日和《ひより》だ。

あの船に乗れば厄介事に関わることもなく、数年は安逸な暮らしができる。

「それもいいな」

口端を吊りあげ、八郎兵衛は薄く笑った。

桟橋に向かって、ゆっくり歩きはじめる。

行李《こうり》を振りわけにした旅人や荷役夫たちが、忙しそうに擦りぬけていった。

潮風が鬢を撲り、足もとの砂を舞いあげる。

八郎兵衛はぶわっと袖をひるがえすや、小走りに駆けだした。

八

笈を背負い、鬼六たちに先んじるべく駈けに駈け、件《くだん》の竹林にほど近いところまでやってきた。

片桐右京の私邸へつづく道は、町外れのうら寂しい一本道だ。

それでも、たまには百姓や馬子《まご》などが通りかかる。

顔を知られれば面倒なことになるので、八郎兵衛は能面を買いもとめていた。

双眸を豁然《かつぜん》と瞠《みは》り、唇もとをへの字に食いしばった異相面、小圧面《こべしみ》である。

世阿弥の手になる「鵜飼《うかい》」にも登場する閻魔《えんま》大王の面で、殺生禁断の川に漁《すなど》りした漁師の罪を生前の善行によって救済するという人情味をあわせもつ。小圧面には人に力を貸す鬼神の心が宿っており、八郎兵衛の苦しい心情を投影していなくもない。

四方を青海に囲まれた遠流《おんる》の島にあって、たったひとりで刀をふるい、権力に抗しようというのだ。

神仏に縋《すが》りたくなる気持ちがないと言えば嘘になる。

世阿弥は罪なくして佐渡に流されたのち、七曲の謡《うたい》を成した。

ときに齢《よわい》七十五、枯れ朽ちる寸前の花であった。

薪能《たきぎのう》の舞台に花の装飾はない。

緑の老松があるだけの簡素な空間に謡が響き、謡にあわせて為手《シテ》が舞う。

殷々《いんいん》と響く声と幽玄なる舞いによって、虚空に花があらわれる。

八郎兵衛が為手を演じる舞いは、さしずめ修羅能であろうか。

世阿弥曰《いわ》く「修羅の狂ひ、ややもすれば、鬼の振舞《ふるまひ》になる也」とあり、また「鬼の面白からむたしなみ、巌《いはほ》に花の咲かんが如《ごと》し」ともいう。

――巌に花の咲かんが如し。

小圧面の目穴から射す仄《ほの》かな光だけを指標に、八郎兵衛は修羅能を舞う。

降魔覆滅の白刃をふるうのだ。

能の足さばきは剣技にも応用されている。

間合いのとり方、緩急の使いわけ、初太刀《しょだち》から終焉《しゅうえん》にいたる筋書き等々。

――一切の事《じ》に序破急あれば、中楽《さるがく》もこれ同じ。

世阿弥の格言は、剣理にも通じる教えだった。

「善悪不二、邪正一如……心頭を滅却すれば火もまた涼し」

八郎兵衛は呪を唱える。

笈を下ろし、小圧面を顔にかぶった。

樹木の影に覆われた細道の向こうから、鬼六を先頭に破落戸どもがやってくる。

「けえ……っ」

笹叢《ささむら》を揺るがし、八郎兵衛は道のまんなかへ躍りでた。

「な、なんでえ、おめえは」

動揺する鬼六の叫びを耳にしつつ、乾分どもの狭間に駈けこんでゆく。

「しぇっ」

低く沈み、抜刀した。

抜き際の一撃でひとりを斬り、たてつづけに三人を斬りすてる。

阿鼻《あび》叫喚《きようかん》が響きわたり、舞台は修羅場となりかわる。

面の視野は狭い。

狭いがゆえに、気を一点に集めねばならぬ。

地べたには、夥《おびただ》しい鮮血がぶちまかれた。

「こ、こいつは先刻の……よ、用心棒ですぜ」

「なにっ」

声のするほうをみやれば、鬼六の赭顔《あからがお》があった。

鬼六の背後から身を乗りだす浪人者は、甲源一刀流の遣い手だ。

「長ったらしい名だったな。たしか、宇奈月原某と申したか」

しゃっと威勢よく刃を抜き、顴骨《かんこつ》の張った金壺眸子が迫ってきた。

青眼《せいがん》から八相にきりかえ、下段の車《しゃ》に落としたところで、宇奈月原は凄まじい気合いを口にする。

「うりゃああ」

逆車《さかぐるま》の構えから対手《あいて》の右胴を狙い、一気に左肩へと薙ぎあげる胴斬り。

甲源一刀流の凄絶な必殺技がくる。

八郎兵衛は雲上を滑るかのように、つつっと身を寄せた。

力感はない。空恐ろしい小圧面の顔が笑っているやにみえる。

――一切の事《じ》に序破急あれば、中楽もこれ同じ。

寄せの動きを序とすれば、つぎは破。

八郎兵衛は爪先でとんと地を蹴り、牛若のように軽々と舞いあがった。

「なにっ」

宇奈月原某が驚くのも無理はない。

八郎兵衛は鬼神の手で釣りあげられたかのごとく、一間余りも跳躍したのだ。

刹那、厚重ねの剛刀が光芒《こうぼう》を放った。

梨子地《なしじ》の地肌に互《ぐ》の目の刃文。二尺四寸の堀川国広が大上段に掲げられ、猛然と頭《ず》蓋《がい》へ撃ちおろされていく。

捷《はや》い。

並みの捷さではない。

破から急へ、白刃は風を巻きこんだ。

「ぎっ……ぎゃあああ」

耳をつんざく悲鳴とともに、ざざっと返り血が降りかかる。

宇奈月原某は脳天ばかりか、五体をも粗朶《そだ》のように裂かれ、みずからの体内からほとばしった血の池に転がっていく。

「わあっ」

血塗《ちまみ》れた小圧面に睨まれた連中は腰を抜かし、地べたに蹲《うずくま》って震えはじめた。

「待て、待ってくれ」

慌てふためいたのは、鬼六だった。

禿頭の表面に大量の汗を掻き、脅えきっている。

小圧面のしたから、くぐもった声が洩れた。

「屛風はどこにやった」

「巳吉だ。巳吉がひとあしさきに、代官のところへ」

「そうか。まずいな」

「絵図は返《けえ》す。だから、命だけは……助けてくれ」

できない相談だ。もはや、八郎兵衛には鬼神が憑依《ひょうい》している。

いかに人情味のある閻魔大王でも、この世の悪辣《あくらつ》非道を赦すことはできない。

「鬼六よ、六文銭は持ってきたか」

応じる暇もない。

「ひぇっ」

白刃一閃、鬼六の野太い首が飛んだ。

汗を弾き、くるくると回転しながら宙へ舞いあがる。

まるで、巨大な枇杷のようだ。

首を忘れた鬼六は、三途の川を渡ることもできまい。
「わあああ」
生きのこった乾分どもが喚声を張りあげ、闇雲に斬りかかってきた。
容赦はしない。
八郎兵衛は血の輪をくぐりぬけ、修羅能を舞いつづけた。
最後のひとりが断末魔の悲鳴をあげ、棒切れのように斃《たお》れていく。
小圧面をかぶって踊りだしたときから、さほどの刻《とき》は経過していない。
「阿呆どもめ」
八郎兵衛は面を剝ぎとり、かあっと痰を吐いた。
十有余もの人を斬ったにもかかわらず、息ひとつあがっていない。
道端には、屍骸《むくろ》が累々と横たわっている。
八郎兵衛は刀を鞘に納め、代官のもとへ向かった。

九

首筋も着物も返り血で真っ赤に染め、八郎兵衛は片桐右京の面前にあらわれた。

「ほれ、土産《みやげ》だ」

ぽんと抛《ほう》った毬藻《まりも》のような塊《かたまり》は、鬼六の首である。

「ひぇっ、誰か……だ、誰か」

片桐は手に落ちた首を抛り、床の間のほうへ這っていく。

どれだけ叫ぼうが、馳《は》せさんじる者はいない。

用人たちはみな、眠らされていた。

「安心しろ。殺《あや》めてはおらぬ」

「ひいっ」

片桐の動揺はおさまらず、呼吸するのも苦しそうだ。

仕舞いには、ぎょろ目を剝いてひっくりかえり、床柱に後ろ頭をぶつける。

その拍子に舌を嚙み、口から血が垂れた。

「斬るな。斬らんでくれ」

「おりんをどこへやった」

「……し、知らん」

「知らんだと。さようか」

八郎兵衛は柳生《やぎゅう》拵《ごしら》えの黒鞘を抜きだし、片桐の肥えた腹に鐺《こじり》を突きこんだ。

ぐりぐり押してやると、鮫鱇は口から血泡を吐く。

「喋る……しゃ、喋るから、やめてくれ」

「よし、聞こうか」

「目をはなした隙に……お、鬼六の乾分が連れていきよった」

「鬼六の乾分だと」

「伊佐次とかいう若僧じゃ」

鬼六の使いと称して番人を騙し、おりんとともに逃げたらしい。

伊佐次の意図は判然としない。懺悔《さんげ》したいのならば、最初からおりんを売るようなまねはしなかったはずだ。

ふたりの行方《ゆくえ》を、岡っ引きの巳吉が追っている。

「ちっ」

悔やみきれないのは、伊佐次を忘れていたことだ。

おりんは身も心も弱りきっていただけに、救われたと勘違いしたにきまっている。

行きずりで雇った用心棒ではなく、相惚れの仲だった男を信用したのだ。

片桐は呼吸をととのえ、どうにか落ちつきを取りもどす。

八郎兵衛は恐ろしい顔を寄せた。

「代官、巳吉はどこへ向かった」

「……に、濁川の川上じゃ」

「道遊の割戸か」

「もっと川上じゃろう。若僧はおりんを連れ、幻の露頭に向かったのじゃ」

「絵図か。屛風のなかにあったのだな」

「あった。されど、肝心の露頭はしめされておらなんだ」

「なに」

濁川の上流、三里以内の範囲であることは見当がついた。

しかし、そのあたりには捨山が点在し、何人もの山師たちが当たりをつけてきた。蟻《あり》の巣のように坑道が掘ってあるので、露頭の正確な位置がわからなければ意味はないと片桐は言う。

「わしもおぬしも騙されたのよ、あの女にな。絵図はほかにある」

どこにあるというのだ。

ひょっとすると、おりんは最初から父親のみつけた露頭のありかを知っていたのかもしれない。

そこへ伊佐次をみちびくつもりなら、おりんの命が危ない。

おりんを消してしまえば、なんの縛りもなく鉱脈の利権を売買できるからだ。

片桐も喉から手が出るほど採掘権をほしがっている。代官という立場が邪魔なら、適当な者を表に立て、裏で糸を引けばよい。場合によっては、最高権力者の佐渡奉行でさえも例外とはなりえない。欲の皮の突っぱった連中なら、世の中にはいくらでもいる。

伊佐次は、そのことを知っているのだ。

しかも、水替人足だっただけに鉱山《やま》に詳しい。

「用心棒よ。おぬし、どうする気だ」

「濁川をのぼってみるさ」

「よそ者の入山は赦されぬぞ」

「抜け道はあるだろう」

「わしをどうする」

「さてな」

八郎兵衛は大刀を腰にもどし、片桐に背を向けた。

二歩、三歩と離れると、がさごそ蠢《うごめ》く気配がする。

振りかえれば、片桐が勝ちほこったような鮟鱇顔を向けた。

右手に南蛮渡りの短筒を握り、銃口を振りあげている。

「莫迦《ばか》め、隙をみせたな」

硝煙の臭《にお》いが鼻をついた。

「この間合いなら、的は外さぬ」

――かちっ。

撃鉄《うちがね》が雷管を強打した瞬間、鼓膜が破れるほどの炸裂音が響いた。

真紅の火花と白煙が膨れあがり、肉片やら鉄片やら鮮血やらが飛びちる。

「ぎゃああ」

右腕が柘榴《ざくろ》のように裂けた片桐が、畳のうえを転げまわっていた。

塵《ちり》でも詰まっていたのか、短筒が暴発したのだ。

「莫迦め」

まだ運《ツキ》があると、八郎兵衛はおもった。

悪代官は顔の右半分も刳《えぐ》りとられ、血達磨と化していた。

虫の息だ。

もはや、手をくだすこともあるまい。

八郎兵衛は、猛然と部屋を飛びだした。

町の北へ注ぐ濁川の上流をめざすのだ。

日暮れまでには、まだ充分に猶予はある。

なんとしてでも、おりんと伊佐次をみつけださねばなるまい。

十

渓谷を遡《さかのぼ》っていくと、山桜の大木が枝をひろげたあたりに仰々しい棟門がみえた。

鉱山の入口に建てられた御用所のようだ。

金銀の産出量が減ったとはいえ、鉱脈が尽きないかぎり、厳戒態勢は維持しなければならない。

門脇には佐渡奉行配下の番士が立ち、闖入者《ちんにゅうしゃ》の警戒に当たっていた。

土地の者に聞いたはなしでは、濁川に沿った一帯には厳しい監視の目が注がれているらしい。もぐりの砂金採掘者が後を断たないためで、捕吏には特別に切り捨て御免の権限まであたえられていた。

鉱山ではたらく水替人足の管理も徹底しなければならぬので、奉行所からは相当な数が投入されている。

「触らぬ神に祟りなしだな」

八郎兵衛は御用所を避け、杣道《そまみち》を迂回《うかい》しながら川の上流をめざした。

おりんと伊佐次も、捕吏の目を盗みながら川沿いを遡上《そじょう》したにちがいない。

ふたりを追う巳吉にしても、奉行所の協力を仰ぐような真似はしないはずだ。

八郎兵衛は独特の嗅覚《きゅうかく》を備えている。

迷宮のごとき山中に深く踏みいっても、三人をみつけだす自信はあった。

予感が確信に変わったのは、二刻ほどうろついたときのことだ。

薪《まき》を負った杣人が、つい今しがた、ふたりの男が言い争っているのをみたと教えてくれた。

午後の陽光が葉漏れ陽となって、斜めから八郎兵衛の頬に射しこんだ。

気に掛かるのは、杣人が女のすがたを目にしていない点だった。

教えられたさきは枯草の繁る捨山のひとつで、遠い日に削りとられた岩盤の割れ目に暗渠《あんきょ》が大口を開けていた。

八郎兵衛の見当では、ちょうど麓《ふもと》から三里のあたりになる。

捨山の深奥に幻の露頭がまことに隠されているのだろうか。

心ノ臓が高鳴ってくる。

黄金への尽きることのない欲望は、人の本能に刻みこまれているのだ。

黄金は人を狂わす。

八郎兵衛は赤茶けた巨大な岩盤の正面に立った。

まるで、噴火口のようでもある。

岩盤は俯瞰すれば楕円《だえん》をかたちづくり、二町余り歩かねば一周できない。

割れ目の門口まで登るのにも、相当な高さがある。

八郎兵衛は大小を下緒《さげお》で首に結びつけ、五両判の詰まった笈を背負ったまま、岩肌にとりついた。

慎重に出っぱりを探りながら、守宮《やもり》のような恰好で登っていく。

四半刻ほど格闘したすえに、ようやく門口までたどりついた。

「おっ」

赤土のほじくられたあたりに、何人かの足跡をみつけた。

まだ新しい。

おそらく、三人はここまで登ってきたにちがいない。

それどころか、争った形跡もある。

這うように探してみると、あきらかに屏風の下張りに使われたとおもわれる断簡が岩陰に挟まっていた。

「絵図か」

巳吉が携えてきたものだ。

拾いあげ、ひろげてみた。

色褪せた絵模様が、魚の鱗のように描かれている。

よくよく眺めれば、相川周辺の山系と川筋が克明に描きこまれていた。

どこかでみたような気もする。

だが、おもいだせない。

用の無くなった絵図を、八郎兵衛は捨てた。

あたりには、排水用の桶《おけ》や水上輪の残骸《ざんがい》がちらばっている。

暗渠の内部は河岸段丘のように削られており、あきらかに坑道の痕跡を窺《うかが》うことができた。

しかし、いつの時代のものかはわからない。相当に古いことはたしかだ。

八郎兵衛は木片の残骸を集めて束ね、手拭いに松脂《まつやに》を塗って火口《ほくち》に巻き、燧石《ひうちいし》を打って火をつけた。

作った松明を掲げ、暗渠へ下りていく。

内部はひんやりとしており、臭気がただよっていた。

逃げ場のない地下水が腐り、瘴気《しょうき》でも放っているのだろうか。

瘴気を吸ったものは肺をやられる。珪肺《けだえ》と呼ぶ鉱山人足特有の病には紫金丹《しきんたん》なる特効薬があるらしいが、八郎兵衛は携えていない。

松明の火は坑道を下りつづけ、平らなところにたどりついた。

黒ずんだ地下水に膝まで浸かり、さらに側道へ踏みこんでいく。

それにしても、暗い。暗すぎる。

漆黒の闇が支配し、灯りに照らされた岩肌は獣の内臓のように滑《ぬめ》っている。

水底には、得体《えたい》の知れぬ者が蹲っているような気もした。

いったい、坑道はどこまでつづくのだろうか。

——おりん、伊佐次。

誰でもいい。八郎兵衛は人の名を呼んでみたくなった。

坑道内は狭くなり、異臭は次第にきつくなってくる。

と、そのとき。

仄暗い水面に妙なものが浮かんでいるのをみつけ、松明を近づけてみた。

「おえっ」

浮かんでいたのは、巳吉の死体だ。

欲に溺れた人間の悲惨な末路であろう。

左胸に匕首《あいくち》を深々と刺したまま、眸子を瞠っている。

「伊佐次の仕業《しわざ》か」

八郎兵衛は死体を水に流し、さらに坑道の奥へ進んでいった。

そして半刻余りも経過したころ、坑道は行きどまりになった。

周囲を照らしてみると、朽ちかけた梯子《はしご》が岩肌にへばりついている。

縦穴のようだ。

ためらうこともなく、八郎兵衛は梯子を登りはじめた。

雲海へ通じる梯子を登っていくような気分だ。

梯子は岩棚から岩棚へ繋がれ、途方もない高みまで連れていかれるような錯覚をおぼえた。

途中で眩暈《めまい》を感じ、八郎兵衛は松明を落とした。

炎は輪を描きながら奈落へ落ち、しばらくしてから消えた。

天を振りあおぐと、星々が瞬いている。

ようやく坑道から解放され、八郎兵衛は外気に触れた。

どれくらいの刻が経《た》ったのか、見当もつかない。

——うおおん。

夜の静寂に、山狗《おおかみ》の遠吠《とおぼ》えが聞こえてくる。

八郎兵衛は、鬱蒼《うっそう》とした森のなかへ分けいった。

獣のように彷徨《ほうこう》し、疲れきったあげく、大樹の根もとへ倒れこむ。

強烈な眠気に抗しきれず、深い眠りに落ちた。

十一

鳥の囀《さえず》りに目を醒まし、八郎兵衛はむっくり起きあがった。

大樹の木陰から抜けだすと前方がぱっとひらけ、緑一面のなかに菖蒲《あやめ》と金鳳花《きんぽうげ》が咲きみだれている。

淡い紫苑《しおん》に染まった東涯《とうがい》から、ちょうど朝日が昇ってきたところだ。

刹那、曙光《しょこう》を浴びた地表が眩《まばゆ》いばかりの光彩を放ちはじめた。

「うわっ」

八郎兵衛は射抜かれたように眸子を瞑《つむ》り、もう一度ゆっくり目を開けた。

空唾を呑みこむ。

ぐうっと腹の虫が鳴っても、いっこうに気にならない。
野面《のづら》に隆起した岩盤の一角から、あきらかに幾条もの光が放散している。
「黄金か」
飛ぶように駈けだした。
「やった、やったぞ」
前歯を剝き、叫びながら駈けに駈け、燦爛《さんらん》と煌《きら》めく光の渦に身を投じていく。
夢ではなかろうか。
夢ならば、醒めずにいてくれ。
「わしは……わしはついに、金の鉱脈をみつけたのだ」
八郎兵衛は石に躓《つまず》き、菖蒲の群生する深い草叢《くさむら》にもんどりうった。
気づいてみると、二百五十両の詰まった笈がない。
坑道か森か、道に迷っているあいだに落としてしまったのだろう。
だが、今となってみれば、二百両や三百両の金はどうでもよかった。
手のとどくところに、黄金の山があるのだ。
八郎兵衛は草叢から、栗鼠《りす》のように顔を突きだした。
ひょうと風が渡り、いつのまにか太陽は群雲に隠れている。

地表の光芒《こうぼう》は嘘のように消え、半裸の比丘尼がひとり岩盤のうえにぽつねんと立っていた。

「おりんか」

薄衣は風に流され、神々しいばかりの裸体があらわれる。

観音菩薩の降臨かとおもいきや、おりんは弾けるように笑いだした。

「ほほほ、ほほほほ」

そのとき、八郎兵衛は気づいたのである。

おりんは、金色の鱗を背負っていた。

背中に彫られた鯉の刺青が、断簡の絵図とかさなってみえた。

「……そ、そうか」

父は隠し金山のありかを、娘の背中に彫らせたのだ。

おりん自身が幻の絵図にほかならなかった。

八郎兵衛は泊の仕舞た屋で、おりんの背中に黒子《ほくろ》をひとつみつけていた。

「あの黒子が」

おそらくは、露頭の位置をしめしていたにちがいない。

「おりん」

八郎兵衛はよろめきながら、裸の女に近づいていった。

おりんは天にむかって両手をひろげ、狂女のように笑いつづけている。

「おい、わしだ。用心棒だぞ」

何度も呼びかけると、おりんは八郎兵衛に気づいた。

「おまえさまは」

「やっと気づいたか」

「ほら、あれを」

「ん」

おりんの指差す草叢に、男がひとり斃《たお》れている。

「伊佐次だな。死んでおるのか」

「天罰がくだったのですよ」

八郎兵衛は、仰臥した伊佐次の遺骸に歩みよった。

「うっ」

目を逸《そ》らす。

全裸に剝かれ、陰部だけが食いちぎられていた。

おりんに邪心を見抜かれ、凄惨な仕置きを受けたのだ。

この男も、欲で身を滅ぼしたひとりにちがいなかった。

おりんは白い瞽女《ごぜ》装束に身を包み、菅笠《すげがさ》と杖を手に取る。

よくみれば、両方の頬が腫れていた。

朱唇にも裂け目があり、鬼六たちの手でしたたかに嬲《なぶ》られた痕跡《こんせき》をみつけることができた。

「おりんよ。黄金なんぞ、最初から、どこにもなかったのだな」

先刻、八郎兵衛の眼前にあらわれた光景はただの幻影でしかない。

欲に憑《つ》かれた男たちは、つかのまの夢をみせられていたのだろう。

「父も夢をみておりました。夢にみた風景を、わたしの背中に彫ったのです」

瀑布へ挑む金鯉のすがたは、鬼気迫るものがあった。

それは、見果てぬ夢に執着した山師のすがたともかさなる。

「おぬし、代官を騙せるとでも」

「いいえ」

「ならば、なぜ仕掛けた」

「お金なんぞはいりませぬ。男の気持ちというものを知りたかっただけ」

男に騙されつづけた女が、騙した男たちに巧妙な罠を仕掛けた。

誰ひとり、生きのこったものはいない。

欲に踊らされた男たちは、ひとりのこらず死んでいった。

「おまえさまは、どうして船に乗らなかったの。鬼六にお金を渡されたのでしょう」

「さあ、なぜかな」

本心から、わからなかった。

おりんを救うためか。それとも、おのれも欲に踊らされたひとりであったのか。

よくわからない。

「三年前、伊佐次はわたしのために人を殺《あや》めました」

ぽつりと、おりんはこぼす。

殺めた相手は、おりんを安女郎屋へ鞍替えさせた半端者だった。

木槌《きづち》で頭を割り、断崖から海へ突きおとした。島抜けに失敗《しくじ》った罪人に科せられる島仕置きにみせかけ、伊佐次は捕吏の探索を免れたらしい。

ところが、岡っ引きの巳吉だけは執念深く追及してきた。

伊佐次ではなく、おりんを疑ったのだ。

幻の絵図を渡せば密訴はしないともちかけられ、おりんは進退窮まったあげくに島を捨てた。

「伊佐次に懇願されました。三年後、ほとぼりが冷めたら帰ってきてほしいと。そのときは、惚れられているとおもっていた。でも……やっぱり、あのひとも」

「狙いは黄金だった」

「最初からわかっていたのに、どうして……どうして、戻ってきたんだろう」

おりんは泣きもせず、おのれの胸に問いかけている。

ふと、西の方角をみれば、青海原が遠望できた。

おもったよりも麓《ふもと》は近い。

「ほら、あそこにみえる割れ目、あれは道遊の割戸です。少し歩けば、濁川に行きあたります」

鉱脈の涸《か》れた捨山から捨山へ、わけもわからずにたどってきたのだ。

苦笑する八郎兵衛に向かって、おりんは小首をかしげてみせた。

「わたしは、これから札所をまわります。伊坂さまは、どうなさるの」

「とりあえず、船にでも乗るか」

「お金は無くしてしまわれたのでしょう」

「まあな」

「惜しくはないのですか」

「惜しいが、探すのも面倒臭い」

「まあ、やっぱり、おもしろいお方ですね」

「それに、こいつが一枚ある」

八郎兵衛は袖口から、山吹色の五両判を取りだした。

「それは」

「おぬしが最初に寄こした五両判さ。こいつさえあれば、船賃を払っても釣りがくるだろう」

「船に乗って、いったいどこへ」

「さあな。風のむくまま、気のむくまま」

おりんは寂しそうに微笑み、つうっと一筋の涙を流した。

水平線の彼方《かなた》に、白い帆を張った北前船がみえる。

千石船だなと、八郎兵衛はおもった。

「おりんよ、一日や二日なら出立《しゅったつ》を延ばしてもいいぞ」

「ほんとうに」

「ああ」

「嬉し」

ふたりは鴛鴦《おしどり》のように寄りそい、ゆっくり歩きはじめる。

途中、野面に隆起した岩盤が黄金の光芒を放った気もしたが、八郎兵衛は振りかえらなかった。

小学館文庫
好評既刊

死ぬがよく候〈一〉 月

坂岡真

ISBN978-4-09-406644-9

さる由縁《ゆえん》で旅に出た伊坂八郎兵衛は、京の都で命尽きかけていた。「南町の虎」と恐れられた元隠密廻り同心も、さすがに空腹と風雪には耐え切れず、ついに破《や》れ寺《でら》を頼り、草鞋《わらじ》を脱いだ。冷えた粗菜にありついたまではよかったが、胡散臭《うさんくさ》い住職に恩を着せられ、盗まれた本尊を奪い返さねばならぬ羽目に。自棄《やけ》になって島原の廓《くるわ》に繰り出すと、なんと江戸で別れた許嫁《いいなずけ》と瓜二つの、葛葉《くずのは》なる端女郎《はしじょろう》が。一夜の情を交わした翌朝、盗人どもを両断すべく、一条戻橋《いちじょうもどりばし》へ向かった八郎兵衛を待ち受けていたのは……。立身《たつみ》流の秘剣・豪撃《こわうち》が悪党を乱れ斬る、剣豪放浪記第一弾！

小学館文庫
好評既刊

突きの鬼一

鈴木英治

ISBN978-4-09-406544-2

美濃北山三万石の主百目鬼一郎太の楽しみは月に一度の賭場通いだ。秘密の抜け穴を通り、城下外れの賭場に現れた一郎太が、あろうことか、命を狙われた。頭格は大垣半象、二天一流の遣い手で、国家老・黒岩監物の配下だ。突きの鬼一と異名をとる一郎太は二十人以上を斬り捨てて虎口を脱する。だが、襲撃者の中に城代家老・伊吹勘助の倅で、一郎太が打ち出した年貢半減令に賛同していた進兵衛がいた。俺の策は家臣を苦しめていたのか。忸怩たる思いの一郎太は藩主の座を降りることを即刻決意、実母桜香院が偏愛する弟・重二郎に後事を託して単身、江戸に向かう。

本書のプロフィール

本書は、二〇一三年六月に徳間文庫から刊行された同名作品を、加筆・改稿して文庫化したものです。

小学館文庫

死《し》ぬがよく候《そうろう》〈二〉

影《かげ》

著者　坂岡《さかおか》　真《しん》

二〇一九年七月十日　初版第一刷発行

発行人　岡　靖司

発行所　株式会社　小学館
〒一〇一-八〇〇一
東京都千代田区一ツ橋二-三-一
電話　編集〇三-三二三〇-五九五九
販売〇三-五二八一-三五五五

印刷所――中央精版印刷株式会社

この文庫の詳しい内容はインターネットで24時間ご覧になれます。
小学館公式ホームページ　http://www.shogakukan.co.jp

ISBN978-4-09-406659-3